Les cent ans de Dracula

Une anthologie présentée par
Barbara Sadoul

Les cent ans de Dracula

Huit nouvelles de Goethe
à Lovecraft

Texte intégral

© EJL, 1997 pour la présente édition et l'introduction de Barbara Sadoul
Car la vie est dans le sang : © Jacques Finné, 1987 pour la traduction française
L'invité de Dracula : © U.G.E. 10/18, 1992 pour la traduction française
de Jean-Pierre Krémer
Aylmer Vance et le Vampire : © EJL, 1997 pour la traduction française
de Marie-Lise Marlière
Le gardien du cimetière ; extrait de *Les Contes du Whisky* de Jean Ray réédité
par Claude Lefrancq, Éditeur, Bruxelles © 1925, Succession R. de Kremer
La maison maudite : © Éditions Denoël, 1961 pour le texte et la traduction
française de Yves Rivière

INTRODUCTION

« Tu as un ami dans le vampire, malgré ton opinion contraire. »
Lautréamont, *Les Chants de Maldoror*, I.

1997, l'année Dracula.
Il y a tout juste cent ans, l'écrivain anglo-irlandais Bram Stoker offrait ses lettres de noblesse au personnage du vampire. Durant dix années, cet administrateur de théâtre travailla à son grand roman sans se douter qu'il allait créer un mythe moderne. Pour le public d'aujourd'hui, le terme de vampire évoque aussitôt le comte Dracula. Nombre d'interprétations, aussi bien littéraires que psychanalytiques, furent avancées pour expliquer l'origine d'un tel récit. Bram Stoker affirmait, dit-on, que son histoire lui avait été inspirée par un cauchemar à la suite d'une indigestion. Les critiques ne purent admettre une explication aussi simpliste, mais ils n'acceptèrent pas davantage que *Dracula* soit seulement le fruit de rencontres, de souvenirs et d'influences littéraires.

Dracula ne fut pas le premier héros vampire. Bram Stoker suivait la voie empruntée au siècle précédent par les romantiques allemands. Les vers de Goethe, où l'auteur chante la séduction de la femme fatale (*La Fiancée de Corinthe*, 1797), restent parmi les plus célèbres. Les poètes anglais furent à leur tour envoûtés par ce thème hérité de l'Antiquité (*Le Giaour* de Byron, *Christabel* de Coleridge, *Lamia* de Keats). Mais c'est en 1819 que le personnage fit sa première apparition dans la littérature en prose avec *Le Vampire* de John William Polidori, secrétaire et médecin de Byron. Le succès de ce texte précurseur fut immédiat en Europe, en partie en raison de son attribution au célèbre lord. La conception même de cette longue nouvelle inspire encore scénaristes et romanciers (Tim Powers, *Le Poids de son regard*). Dans une préface, l'auteur de *Frankenstein*, Mary Shelley, explique que Byron avait mis au défi ses amis d'écrire une histoire de mort-vivant lors d'une après-midi pluvieuse passée à la villa Diodati

(Genève). Seule Mary Shelley réussit avec brio tandis que Byron esquissait l'ébauche d'un roman vampirique. Une querelle sépara Byron de Polidori et, l'année suivante, ce dernier poursuivit seul l'histoire de son mentor en la modifiant. S'éloignant des caractéristiques légendaires qui faisaient du vampire un être repoussant, le jeune homme choisit d'établir le portrait d'un aristocrate séducteur dangereusement pervers — au profil byronien.

Son récit inspira aussitôt au français Cyprien Bérard une suite, *Lord Ruthwen, ou les Vampires* (1820), publiée (et peut-être écrite) par Charles Nodier. Ce dernier reste incontestablement l'ambassadeur du héros de Polidori. Il a su reconnaître l'être qui « épouvantera, de son horrible amour, les songes de toutes les femmes » (*Le Journal des débats*, 7 juillet 1819). L'adaptation théâtrale de Nodier *(Le Vampire)* fut reprise sur les scènes anglaises, sans pour autant permettre à Polidori de sortir de l'anonymat. Cependant le vampire fascinait désormais et fut l'objet de mélodrames, vaudevilles et opéras-comiques : « Pas un théâtre parisien ne resta sans son vampire », s'exclamait un critique de l'époque. De nombreux auteurs français tels que Victor Hugo, Alexandre Dumas, Charles Baudelaire, Isidore Ducasse (dit comte de Lautréamont), Prosper Mérimée, Guy de Maupassant et Paul Féval furent attirés par l'écriture fantastique, voire vampirique. Dans cette époque exaltée, nos conteurs ne purent résister aux attraits et à l'intensité du thème. En 1836, Théophile Gautier nous proposa l'une des plus belles histoires du genre, *La Morte amoureuse*. L'emprise de la femme vampire s'étendit alors à tout le XIXe siècle : à la suite de la belle Clarimonde de Gautier vint la troublante Carmilla de l'anglo-irlandais Joseph Sheridan Le Fanu (*Carmilla*, 1872) et la jeune Cristina de l'Américain Francis Marion Crawford (*Car la vie est dans le sang*, vers 1880[1]), avant l'apparition des compagnes de Dracula. Bram Stoker ne resta pas insensible à ces visions romantiques où les termes de séduction, d'altérité, de sensualité, de transgression, de prédation, d'onirisme et de complicité s'entremêlaient subtilement. Les figures du monstre et de la victime ne furent pas toujours celles que le lecteur attendait...

---

1. Ce texte, paru de façon posthume en 1911, fait aujourd'hui partie des classiques.

Créature complexe, le vampire, à l'aube du XXᵉ siècle, ne se définissait plus comme un simple mort qui, à la nuit tombée, quittait son sépulcre pour aller s'abreuver du sang des vivants. Le monstre pouvait adopter des formes inattendues et se faire entité invisible menaçante proche de l'extraterrestre (*Le Horla*, de Guy de Maupassant, 1886) ou plante (*L'Étrange Orchidée* de H.G. Wells, 1897). Ce fut dans cette fin de siècle marquée par les crimes de Jack l'Éventreur et l'émergence de sociétés secrètes, à caractère ésotérique et magique (telle la *Golden Dawn*), que Bram Stoker s'apprêtait à livrer *Dracula*. Grand perfectionniste, Stoker désirait aller plus loin que ses prédécesseurs en revisitant les traditions anciennes. Si le terme de vampire n'a aujourd'hui qu'un peu plus de deux cent cinquante ans, la notion de vampirisme vient du fond des âges. Aussi, afin de saisir l'essence du personnage, il compulsa traités de théologie, de médecine et de démonologie. Il passa des journées entières à la bibliothèque du British Museum pour authentifier son décor transylvanien. Il étendit ses recherches ethnologiques, folkloriques, historiques et géographiques aux étranges contrées dont lui avait parlé l'orientaliste Arminius Vambery. L'authentique Dracula, prince de Valachie au XVᵉ siècle, n'avait plus guère de secret pour lui. Séduit par Vlad Tepes (c'est-à-dire Vlad l'Empaleur), Bram Stoker voulut donner une dimension historique à son héros. Vlad IV était resté célèbre pour ses pratiques barbares et avait reçu comme deuxième nom Dracula (en roumain « fils de Drakul »), ce qui signifiait fils du dragon ou du Diable. Bram Stoker établit alors une nouvelle définition du vampire :

> « Le vampire qui se trouve parmi nous possède, à lui seul, la force de vingt hommes ; il est plus rusé qu'aucun mortel, puisque son astuce s'est affinée au cours des siècles. Il se sert de la nécromancie, art qui, comme l'indique l'étymologie du mot, consiste à évoquer les morts pour deviner l'avenir, et tous les morts dont il peut approcher sont à ses ordres. C'est une brute, et pis qu'une brute ; c'est un démon sans pitié, et il n'a pas de cœur ; il peut, avec pourtant certaines réserves, apparaître où et quand il veut et sous l'une ou l'autre forme de son choix ; il a même le pouvoir, dans une certaine mesure, de se rendre maître des éléments : la tempête, le brouillard, le tonnerre, et de se faire obéir de créatures inférieures, telles que le rat, le hibou, la chauve-souris, la phalène, le renard et le loup ; il peut se faire grand ou se rapetisser et, à certains moments, il disparaît exactement comme s'il n'existait plus. » (*Dracula*.)

Les différentes croyances ancestrales cristallisées dans ce texte fantastique et fantasmagorique faisaient apparaître un monde sauvage et envoûtant derrière lequel se dissimulaient la surnature, la mort et l'érotisme. *Dracula* renfermait tout ce qui effrayait et fascinait en même temps. Lié aux concepts de sang, de souillure et de sexualité perverse, le vampire est cet être ambivalent qui pose, sous une nouvelle forme, le droit à la vie et exauce des désirs interdits à la condition humaine (don d'ubiquité, d'invisibilité, de métamorphose...). Reconnu comme « le plus beau roman du siècle » par Oscar Wilde, *Dracula* fut dès sa sortie un succès. La première partie du livre, intitulée *L'Invité de Dracula*, nous conduit au cœur du pays du comte. Elle peut figurer seule dans cette anthologie car, jugée trop longue, elle avait été retirée de l'édition originale. La femme de l'écrivain, Florence Stoker, l'inséra en 1914 dans un recueil de nouvelles posthumes du même nom.

La renommée du héros vampire, consacrée par les différentes relectures cinématographiques à partir de 1931, éclipsa au fil des années celui qui l'avait imaginé. A la première évocation de Dracula, se succèdent désormais dans notre esprit les visages de Bela Lugosi, de Christopher Lee, de Frank Langella ou de Gary Oldman. L'adaptation de 1992, signée Francis Ford Coppola, rend enfin hommage à l'écrivain dans son titre, *Bram Stoker's Dracula*. Cette dernière version, sublimée, parvient étonnamment à traduire l'atmosphère du texte.

Le vampirisme reste l'un des thèmes les plus porteurs du fantastique et pourtant, écrire une histoire de vampire est difficile. Il faut réussir à être tout à la fois original, intéressant et fidèle à la légende. Au début du siècle, le vampire n'avait pas encore été codifié par le Septième Art. Le lecteur se plaisait à retrouver un enquêteur psychique (*Aylmer Vance et le Vampire* de Claude Askew, 1914) ou l'ambiance des cimetières (*Le Gardien du cimetière* de Jean Ray, 1919), cependant, à partir de 1920 il n'était déjà plus en face d'un vampire ordinaire avec J.H. Rosny aîné *(La Jeune Vampire)* ou Howard Phillips Lovecraft *(La Maison maudite*, 1928). Les États-Unis étaient enfin prêts à rattraper leur retard mais aussi à réactualiser le vampire. Edgar Allan Poe avait su imaginer d'inoubliables mortes vivantes *(Morella)* et des situations proches du vampirisme psychique *(Ligeia)*, mais ce fut l'engouement soudain du public pour les récits et les films d'épouvante qui rendit le vampire réellement populaire. Le réveil irréversible de la créature se réalisa dans les magazines bon marché tels que *Weird Tales*. Maître incontesté de la revue, Lovecraft marqua ce renouveau littéraire en développant la *weird fantasy*, c'est-à-dire le fantastique de l'horreur.

Depuis, les auteurs qui choisissent ce sujet sont appelés à enrichir et à diversifier le mythe. Certains font même apparaître Dracula ou Bram Stoker dans leurs fictions. La littérature de l'imaginaire permet au vampire de s'inscrire dans une constellation de symboles qui ont conservé toute leur force d'évocation. Le vampire hante nos lectures comme s'il possédait un authentique pouvoir de contagion. Il est IMMORTEL :

« L'heure n'est pas encore venue pour moi de reposer sous cette pierre massive où n'est gravé qu'un seul mot. Simplement... *Dracula*. »

Les Confessions de Dracula, Fred SABERHAGEN, 1975.

Wolfgang Goethe

LA FIANCÉE DE CORINTHE

    Venant d'Athènes, un jeune homme se rendit à Corinthe, où
il était encore inconnu.
Il comptait sur l'aimable accueil de l'un des habitants ;
les deux pères étaient unis par les liens de l'hospitalité,
et avaient, depuis longtemps déjà,
fiancé l'un à l'autre
leur fils et leur fille.

    Mais sera-t-il encore un hôte bienvenu
s'il n'achète chèrement cette faveur ?
Il est encore un païen, ainsi que les siens,
mais eux sont déjà chrétiens et baptisés.
Quand une foi nouvelle prend naissance,
souvent l'amour et la foi jurée
sont détruits comme une mauvaise herbe.

    Déjà la maison tout entière était livrée au repos,
père et filles ; seule, la mère veille ;
elle reçoit un hôte avec empressement ;
elle le conduit aussitôt dans la plus belle des chambres.
Prévenant ses désirs,
elle lui présente les vins et les mets les plus recherchés.
Ayant ainsi pris soin de lui, elle lui souhaite une bonne nuit.

    Mais malgré le repas bien servi,
il n'éprouve aucune envie de manger ;
la fatigue lui fait délaisser mets et boisson,
et il se couche tout habillé sur son lit.
Et il est déjà presque endormi,
lorsqu'un hôte étrange
pénètre dans la chambre par la porte ouverte.

    A la lueur de la lampe il voit s'avancer
dans la chambre une jeune fille silencieuse et pudique,
couverte d'un voile et d'un vêtement blancs,

le front ceint d'un ruban noir et or.
Dès qu'elle l'aperçoit,
elle s'étonne et s'effraie,
et lève sa blanche main.

« Suis-je donc, s'écrie-t-elle, si étrangère dans ma propre
[maison
que l'on ne m'ait point annoncé la présence d'un hôte ?
C'est ainsi, hélas ! que l'on me tient enfermée dans ma cellule,
et qu'ici, maintenant, je suis couverte de honte !
Mais continue à reposer
sur ta couche ;
je vais m'éloigner promptement, comme je suis venue. »

« Reste, belle jeune fille ! » s'écrie le jeune homme
en quittant précipitamment son lit.
« Voici les dons de Cérès, voici ceux de Bacchus,
et voici, chère enfant, que tu apportes l'amour.
Tu es pâle de frayeur !
Viens, chère jeune fille, viens,
et goûtons ensemble aux joies des dieux ! »

« Reste loin de moi, jeune homme, arrête !
Je ne suis pas vouée à la joie.
Le dernier pas, hélas ! a été fait
par ma mère chérie ; égarée par la maladie,
elle fit, en guérissant, le serment
que ma jeunesse et mon corps
seraient consacrés désormais au service du ciel.

« Et le brillant cortège des anciens dieux
a quitté aussitôt la maison devenue silencieuse.
On n'adore plus maintenant qu'un seul Dieu
invisible dans le ciel, qu'un Sauveur sur la croix ;
l'on n'offre ici en sacrifice,
ni brebis ni taureaux,
mais des victimes humaines en nombre infini ! »

Et il la questionne, et il pèse toutes ses paroles,
dont aucune n'échappe à son esprit.
« Est-il possible que, dans cette chambre silencieuse,
ce soit ma fiancée bien-aimée qui se tient là devant moi ?
Sois donc à moi !

Les serments de nos pères
nous ont déjà valu la bénédiction du Ciel ! »

« Ce n'est pas moi qui te suis destinée, bon jeune homme !
C'est ma sœur plus jeune qui t'est réservée.
Lorsque, dans ma cellule silencieuse, je serai livrée à mes
                                                [tourments,
ah ! pense à moi dans ses bras,
à moi qui ne pense qu'à toi,
qui me consume d'amour,
et qui, bientôt, irai me cacher sous la terre ! »

« Non, je le jure par cette flamme
qu'Hymen, dès maintenant, fait briller pour nous,
tu n'es perdue ni pour la joie ni pour moi,
et tu m'accompagneras dans la maison de mon père.
Bien-aimée, reste ici !
Célèbre à l'instant même avec moi,
bien qu'inattendu, notre festin nuptial ! »

Et déjà ils échangent les gages de la fidélité :
elle lui tend une chaîne d'or,
et il veut lui offrir une coupe
d'argent, d'un art incomparable.
« Cette coupe n'est pas pour moi ;
mais, je t'en prie,
donne-moi une boucle de tes cheveux ! »

A ce moment sonna l'heure lugubre des esprits,
et alors seulement, la jeune fille parut être à son aise.
Avidement, de ses lèvres pâles, elle but
le vin, d'un rouge sombre comme le sang.
Mais du pain de froment
qu'il lui offrit aimablement,
elle ne prit pas la plus petite miette.

Et elle tend la coupe au jeune homme,
qui, comme elle, la vide d'un seul trait, goulûment.
Et pendant ce repas silencieux il lui demande son amour.
Son pauvre cœur, hélas ! était malade d'amour.
Mais elle résiste
à toutes ses supplications,
jusqu'à ce qu'il tombe en pleurant sur son lit.

Et elle vient et s'étend près de lui.
« Ah! comme je souffre de te voir ainsi tourmenté!
Mais, hélas! si tu touches mes membres,
tu sentiras en frissonnant ce que je t'ai caché.
Blanche comme la neige,
mais froide comme la glace
est l'amante que tu as choisie! »

Il la saisit avec ardeur dans ses bras vigoureux,
emporté par la force de son jeune amour.
« Espère cependant te réchauffer encore près de moi,
même si c'est le tombeau qui t'a envoyée vers moi.
Mêlons nos souffles, échangeons nos baisers!
Que notre amour déborde!
Ne brûles-tu pas en sentant la flamme qui me dévore? »

L'amour les unit plus fortement encore :
des larmes se mêlent à leurs transports.
Avidement elle aspire le feu de ses lèvres,
et chacun ne se sent vivre que dans l'autre.
A la fureur d'amour du jeune homme
le sang figé de la jeune fille se réchauffe,
mais dans sa poitrine le cœur ne bat pas.

Cependant la mère, attardée aux soins du ménage,
passe encore, d'un pas glissant, dans le couloir, devant la
[chambre,
écoute à la porte, écoute longtemps
ces sons étranges :
accents plaintifs et voluptueux
d'un fiancé et de sa fiancée,
balbutiements insensés de l'amour.

Elle reste debout, immobile, à la porte,
car elle veut avant tout se convaincre,
et elle entend avec colère les serments d'amour les plus solen-
[nels,
des paroles d'amour et de caresse :
« Silence! le coq se réveille!
— Mais la nuit prochaine
tu viendras de nouveau? » Et baisers sur baisers.

La mère ne peut contenir plus longtemps son
courroux, ouvre rapidement la serrure bien connue.
« Y a-t-il donc dans cette maison des filles perdues

capables de se donner ainsi aussitôt à l'étranger ? »
Elle ouvre la porte, entre,
et, à la lumière de la lampe,
aperçoit, ô Ciel ! sa propre fille.

   Et le jeune homme, dans le premier moment
d'effroi, veut couvrir la jeune fille avec son voile,
cacher la bien-aimée avec le tapis.
Mais elle se débat et se dégage aussitôt.
Comme avec la force d'un esprit,
sa haute stature
se redresse lentement dans le lit.

   « Mère, mère ! » dit-elle d'une voix sépulcrale,
« Vous me reprochez donc cette nuit si belle ?
Vous me chassez de cette chaude couche ?
Ne me suis-je donc réveillée que pour me livrer au désespoir ?
Ne vous suffit-il donc pas
de m'avoir de bonne heure ensevelie dans un suaire
et mise au tombeau ?

   « Mais une loi qui m'est propre me pousse
hors de la tombe étroite au lourd manteau de terre.
Les chants psalmodiés par vos prêtres
et leur bénédiction n'ont aucun effet.
L'eau et le sel ne peuvent
éteindre les ardeurs de la jeunesse,
et la terre, hélas ! ne refroidit pas l'amour.

   « Ce jeune homme me fut promis jadis,
alors qu'était encore debout le temple de l'aimable Vénus.
Mère, et vous avez violé votre promesse
en vous liant par un vœu barbare et sans valeur.
Car nul Dieu n'exauce
une mère qui jure
de refuser la main de sa fille.

   « Une force me chasse hors du tombeau
pour chercher encore les biens dont je suis sevrée,
pour aimer encore l'époux déjà perdu,
et pour aspirer le sang de son cœur.
Et quand celui-ci sera mort,
je devrai me mettre à la recherche d'autres,
et mes jeunes amants seront victimes de mon désir furieux.

« Beau jeune homme, tes jours sont comptés.
Tu vas maintenant mourir de langueur en ce lieu.
Je t'ai donné mon collier ;
j'emporte avec moi ta boucle de cheveux.
Regarde-la bien !
Demain tes cheveux seront gris ;
dans la tombe seulement ils redeviendront noirs.

« Écoute maintenant, mère, ma dernière prière ;
Fais dresser un bûcher.
Ouvre l'étroit tombeau où j'étouffe,
et rends au repos les amants en les livrant aux flammes.
Quand l'étincelle jaillira,
quand les cendres seront ardentes,
nous nous envolerons vers les anciens dieux ! »

1797

Titre original :
Die Braut von Korinth

Traduit de l'allemand
par Léon Mis

John William Polidori

LE VAMPIRE

Dans ce temps-là parut au milieu des dissipations d'un hiver à Londres, et parmi les nombreuses assemblées que la mode y réunit à cette époque, un lord plus remarquable encore par ses singularités que par son rang. Son œil se promenait sur la gaieté générale répandue autour de lui, avec cette indifférence qui dénotait que la partager n'était pas en son pouvoir. On eût dit que le sourire gracieux de la beauté savait seul attirer son attention, et encore n'était-ce que pour le détruire sur ses lèvres charmantes, par un regard, et glacer d'un effroi secret un cœur où jusqu'alors l'idée du plaisir avait régné uniquement. Celles qui éprouvaient cette pénible sensation de respect ne pouvaient se rendre compte d'où elle provenait. Quelques-unes, cependant, l'attribuaient à son œil d'un gris mort qui, lorsqu'il se fixait sur les traits d'une personne, semblait ne pas pénétrer, au fond des replis du cœur, mais plutôt paraissait tomber sur la joue comme un rayon de plomb qui pesait sur la peau sans pouvoir la traverser. Son originalité le faisait inviter partout : chacun désirait le voir, et tous ceux qui avaient été longtemps habitués aux violentes émotions, mais à qui la satiété faisait sentir enfin le poids de l'ennui, se félicitaient de rencontrer quelque chose capable de réveiller leur attention languissante. Sa figure était régulièrement belle, nonobstant le teint sépulcral qui régnait sur ses traits, et que jamais ne venait animer cette aimable rougeur, fruit de la modestie, ou de fortes émotions qu'engendrent les passions. Ces femmes à la mode, avides d'une célébrité déshonorante, se disputèrent, à l'envi, sa conquête, et à qui du moins obtiendrait de lui quelque marque de ce qu'elles appellent penchant. Lady Mercer qui, depuis son mariage, avait eu la honteuse gloire d'effacer, dans les cercles, la conduite désordonnée de toutes ses rivales, se jeta à sa rencontre, et fit tout ce qu'elle put, mais en vain, pour attirer son attention. Toute l'impudence de Lady Mercer échoua, et elle se vit réduite à renoncer à son entreprise. Mais quoiqu'il ne daignât pas même accorder un regard aux femmes perdues qu'il rencontrait journellement, la beauté ne lui était cependant pas indifférente ; et pourtant encore, quoiqu'il ne s'adressât jamais qu'à la femme vertueuse ou à la fille innocente, il le faisait avec tant de mystère que peu de personnes même savaient qu'il parlât quelquefois au beau sexe. Sa langue avait un charme irrésistible : soit donc qu'il réussît à comprimer la crainte qu'inspirait son premier abord, soit à cause de son mépris apparent pour le vice, il était aussi recherché par ces femmes dont les vertus domestiques sont l'ornement de leur sexe, que par celles qui en font le déshonneur.

Vers ce même temps vint à Londres un jeune homme nommé Aubrey : la mort de ses parents l'avait, encore enfant, laissé orphelin, avec une sœur et de grands biens. Ses tuteurs, occupés exclusivement du soin de sa fortune, l'abandonnèrent à lui-même, ou du moins remirent la charge plus importante de former son esprit, à des mercenaires subalternes. Le jeune Aubrey songea plus à cultiver son imagination que son jugement. De là il prit ces notions romantiques d'honneur et de candeur qui perdent tant de jeunes écervelés. Il croyait que le cœur humain sympathise naturellement à la vertu, et que le vice n'a été jeté çà et là, par la Providence, que pour varier l'effet pittoresque de la scène : il croyait que la misère d'une chaumière n'était qu'idéale, les vêtements du paysan étant aussi chauds que ceux de l'homme voluptueux, mais mieux adaptés à l'œil du peintre, par leurs plis irréguliers et leurs morceaux de diverses couleurs, pour représenter les souffrances du pauvre. Enfin, il croyait qu'on devait chercher les réalités de la vie dans les rêves singuliers et brillants des poètes. Il était beau, sincère et riche : par tous ces motifs, dès son entrée dans le monde, un grand nombre de mères l'environnèrent, s'étudiant à qui lui ferait les portraits les plus faux des qualités qu'il faut pour plaire ; tandis que leurs filles, par leur contenance animée, quand il s'approchait d'elles, et leurs yeux pétillant de plaisir, quand il ouvrait la bouche, l'entraînèrent bientôt dans une opinion trompeuse de ses talents et de son mérite ; et bien que rien dans le monde ne vînt réaliser le roman qu'il s'était créé dans sa solitude, sa vanité satisfaite fut une espèce de compensation de ce désappointement. Il était au moment de renoncer à ses illusions, lorsque l'être extraordinaire que nous venons de décrire vint le croiser dans sa carrière.

Frappé de son extérieur, il l'étudia et l'impossibilité même de reconnaître le caractère d'un homme entièrement absorbé en lui-même, et qui ne donnait d'autre signe de son attention à ce qui se passait autour de lui, que son soin d'éviter tout contact avec les autres, avouant par là tacitement leur existence, cette impossibilité même permit à Aubrey de donner cours à son imagination pour se créer un portrait qui flattait son penchant, et immédiatement il revêtit ce singulier personnage de toutes les qualités d'un héros de roman, et se détermina à suivre en lui la créature de son imagination plutôt que l'être présent à ses yeux. Il eut des attentions pour lui, et fit assez de progrès dans cette liaison pour en être du moins remarqué chaque fois qu'ils se trouvaient ensemble. Bientôt il apprit que les affaires de Lord Ruthwen étaient embarrassées, et, d'après les préparatifs qu'il vit dans son hôtel, s'aperçut qu'il allait voyager.

Avide de plus précises informations sur cet étrange caractère qui, jusqu'à présent, avait seulement aiguillonné sa curiosité, sans aucun moyen de la satisfaire, Aubrey fit sentir à ses tuteurs qu'il était temps pour lui de commencer son tour d'Europe, coutume adoptée depuis nombre d'années par nos jeunes gens de famille, et qui ne leur offre que trop souvent l'occasion de s'enfoncer rapidement dans la carrière du vice, en croyant se mettre sur un pied d'égalité avec les personnes plus âgées qu'eux, et en espérant paraître comme elles au courant de toutes ces intrigues scandaleuses, sujet éternel de plaisanteries ou de louanges, suivant le degré d'habileté déployé dans leur conduite. Les tuteurs d'Aubrey donnèrent leur assentiment, et immédiatement il fit part de ses intentions à Lord Ruthwen dont il fut agréablement surpris de recevoir une invitation de voyager avec lui. Aubrey, flatté d'une telle marque d'estime d'un homme qui semblait n'avoir rien de commun avec l'espèce humaine, accepta cette proposition avec empressement, et quelques jours après, nos deux voyageurs avaient passé la mer.

Jusqu'ici, Aubrey n'avait pas eu l'occasion d'étudier à fond le caractère de Lord Ruthwen, et maintenant il s'aperçut que, bien que témoin d'un plus grand nombre de ses actions, les résultats lui offraient différentes conclusions à tirer des motifs apparents de sa conduite : son compagnon de voyage poussait la libéralité jusqu'à la profusion : le fainéant, le vagabond, le mendiant recevait de lui des secours plus que suffisants pour soulager ses besoins immédiats ; mais Aubrey remarquait avec peine que ce n'était pas sur les gens vertueux, réduits à l'indigence par des malheurs, et non par le vice, qu'il versait ses aumônes : en repoussant ces infortunés de sa porte, il avait peine à supprimer de ses lèvres un sourire dur; mais quand l'homme sans conduite venait à lui, non pour obtenir un soulagement de ses besoins, mais pour se procurer les moyens de se plonger plus avant dans la débauche et dans la dépravation, il s'en retournait toujours avec un don somptueux. Aubrey, cependant, croyait devoir attribuer cette distribution déplacée des aumônes de Lord Ruthwen à l'importunité plus grande des gens vicieux, qui trop souvent réussit de préférence à la modeste timidité du vertueux indigent. Néanmoins, à la charité de Lord Ruthwen se rattachait une circonstance qui frappait encore plus vivement l'esprit d'Aubrey : tous ceux en faveur de qui cette générosité s'exerçait éprouvaient invariablement qu'elle était accompagnée d'une malédiction inévitable; tous, bientôt, finissaient par monter sur l'échafaud, ou par périr dans la misère la plus abjecte : à Bruxelles, et autres villes qu'ils traversèrent, Aubrey vit avec surprise l'espèce d'avidité avec laquelle son compagnon recherchait le centre de la dépravation : dans les maisons de jeu, il s'élançait de suite à la table de pharaon; il pariait et jouait toujours avec succès, excepté lorsqu'il avait affaire à l'escroc connu, et alors il perdait plus qu'il ne gagnait; mais c'était toujours sans changer de visage, et avec cet air indifférent qu'il portait partout, mais non lorsqu'il rencontrait le jeune homme sans expérience, ou le père infortuné d'une nombreuse famille; alors la fortune semblait être dans ses mains : il mettait de côté cette impassibilité qui lui était ordinaire, et son œil étincelait de plus de feu que n'en jette celui du chat, au moment où il roule entre ses pattes la souris déjà à moitié morte. Au sortir de chaque ville, il laissait le jeune homme, riche avant son arrivée, maintenant arraché du cercle dont il faisait l'ornement, maudissant, dans la solitude d'un cachot, son destin qui l'avait mis à portée de l'influence pernicieuse de ce mauvais génie; tandis que le père, désolé et l'œil hagard, pleurait assis au milieu de ses enfants affamés, sans avoir conservé, de son immense fortune, une seule obole pour apaiser leurs besoins dévorants. Lord Ruthwen cependant ne sortait pas finalement plus riche des tables de jeu, mais perdait immédiatement, contre le destructeur de la fortune d'un grand nombre de malheureux, la dernière pièce d'argent qu'il venait d'arracher à l'inexpérience, ce qui ne pouvait provenir que de ce qu'il possédait un certain degré d'habileté incapable toutefois de lutter contre l'astuce des escrocs expérimentés. Aubrey souvent fut sur le point de faire là-dessus des représentations à son ami, et de le prier en grâce de renoncer à l'exercice d'une charité et d'un passe-temps qui tournaient à la ruine de tous sans lui être du moindre avantage à lui-même : mais il différait de jour en jour ses représentations, se flattant à chaque moment que son ami lui donnerait enfin quelque occasion de lui ouvrir son cœur franchement et sans réserve ; toutefois cette occasion ne se présentait jamais. Lord Ruthwen, dans sa voiture, et quoique traversant sans cesse de nouvelles scènes intéressantes de la nature, restait toujours le même : ses yeux parlaient encore moins que ses lèvres ; et bien que vivant avec l'objet qui excitait si vivement sa curiosité, Aubrey n'en recevait qu'un constant aiguillon à son impatience de percer le mystère qui enveloppait un être que son imagination exaltée se représentait de plus en plus comme surnaturel.

Bientôt ils arrivèrent à Rome, et Aubrey, pour quelque temps, perdit de vue son compagnon ; il le laissa suivant assidûment le cercle du matin d'une comtesse italienne, tandis que lui-même se livrait à la recherche d'anciens monuments des arts. Cependant, des lettres lui parvinrent d'Angleterre ; il les ouvrit avec impatience. L'une était de sa sœur, et ne renfermait que l'expression d'une tendre affection ; les autres étaient de ses tuteurs, et leur contenu eut lieu de frapper son attention : si déjà, auparavant, son imagination avait supposé qu'une influence infernale résidait dans son compagnon, ces lettres durent bien fortifier ce pressentiment. Ses tuteurs insistaient pour qu'il se séparât immédiatement de son ami, dont le caractère, disaient-ils, joignait à une extrême dépravation, des pouvoirs irrésistibles de séduction qui rendaient tout contact avec lui d'autant plus dangereux. On avait découvert, depuis son départ, que ce n'était pas par haine pour le vice des femmes perdues qu'il avait dédaigné leurs avances ; mais que, pour que ses désirs fussent pleinement satisfaits, il fallait qu'il rehaussât le plaisir de ses sens par le barbare accompagnement d'avoir précipité sa victime, la compagne de son crime, du pinacle d'une vertu intacte au fond de l'abîme de l'infamie et de la dégradation. On avait même remarqué que toutes les femmes qu'il avait recherchées en apparence, à cause de leur chaste conduite, avaient, depuis son départ, mis le masque de côté, et exposé sans scrupule, au public, toute la difformité de leurs mœurs.

Aubrey se décida à se séparer d'un personnage dont le caractère ne lui avait pas encore présenté un seul point de vue brillant. Il se détermina à inventer quelque prétexte plausible pour l'abandonner tout à fait, se proposant, dans l'intervalle, de le veiller de plus près, et de faire attention aux moindres circonstances. Il entra dans le même cercle de société que Lord Ruthwen, et ne fut pas long à s'apercevoir que son compagnon cherchait à abuser de l'inexpérience de la fille de la dame dont il fréquentait surtout la maison. En Italie, il est rare qu'on rencontre dans le monde les jeunes personnes encore à marier. Lord Ruthwen était donc obligé de mener cette intrigue à la dérobée; mais l'œil d'Aubrey le suivait dans tous ses détours, et bientôt il découvrit qu'une entrevue avait été fixée, et il ne prévit que trop que la ruine totale de cette jeune imprudente en serait le résultat infaillible. Sans perdre un seul instant, il entra dans le cabinet de son compagnon, et le questionna brusquement sur ses intentions à l'égard de la jeune personne, le prévenant en même temps qu'il savait de source certaine qu'il devait avoir un rendez-vous avec elle cette même nuit. Lord Ruthwen répliqua que ses intentions étaient celles naturelles en pareil cas; et étant pressé de déclarer s'il avait des vues légitimes, sa seule réponse fut un malin sourire. Aubrey se retira, et lui ayant de suite écrit quelques lignes pour l'informer qu'à compter de cette heure il renonçait à l'accompagner, suivant leur accord, dans le reste de ses voyages, il ordonna à son domestique de lui procurer d'autres appartements, et se rendit lui-même, sans perdre une minute, chez la mère de la jeune personne, pour lui faire part, non seulement de ce qu'il avait appris sur sa fille, mais aussi de tout ce qu'il savait de défavorable aux mœurs de Lord Ruthwen. Cet avis vint à temps pour faire manquer le rendez-vous projeté. Lord Ruthwen, le lendemain, écrivit à Aubrey, pour lui notifier son assentiment à leur séparation; mais ne lui donna pas même à entendre qu'il le soupçonnait d'être la cause du renversement de ses plans.

Aubrey, au sortir de Rome, dirigea ses pas vers la Grèce, et traversant le golfe, se vit bientôt à Athènes. Il y choisit pour sa résidence la maison d'un Grec, et ne songea plus qu'à rechercher les traces d'une gloire passée sur des monuments qui, honteux sans doute d'exposer le souvenir des grandes actions d'hommes libres aux yeux d'un peuple esclave, semblent chercher un refuge dans les entrailles de la terre, ou se dérober aux regards sous une mousse épaisse.

Sous le même toit que lui, respirait une jeune fille de formes si belles et si délicates, qu'elle aurait offert à l'artiste le plus digne modèle pour représenter une de ces houris que Mahomet promet, dans son paradis, au crédule musulman;

mais, non! ses yeux possédaient une expression qui ne peut appartenir à des beautés que le Prophète représente comme n'ayant pas d'âme. Lorsque Ianthe dansait sur la plaine, ou effleurait dans sa marche rapide, le penchant des collines, elle faisait oublier la légèreté gracieuse de la gazelle. Et quel autre qu'un disciple d'Épicure, en effet, n'eût pas préféré le regard animé et céleste de l'une à l'œil voluptueux mais terrestre de l'autre? Cette nymphe aimable souvent accompagnait Aubrey dans ses recherches d'antiquités. Que de fois, ignorante de ses propres charmes, et tout entière à la poursuite du brillant papillon, elle développait toute la beauté de sa taille enchanteresse, flottant, en quelque sorte, au gré du zéphyr, aux regards avides du jeune étranger, qui oubliait les lettres, presque effacées par le temps, qu'il venait avec peine de déchiffrer sur le marbre, pour ne plus contempler que ses formes ravissantes : que de fois, tandis que Ianthe voltigeait à l'entour, sa longue chevelure flottant sur ses épaules, par ses tresses onduleuses d'un blond céleste, n'offrait que trop d'excuses à Aubrey pour abandonner ses poursuites scientifiques, et laisser échapper de son idée le texte d'une inscription qu'il venait de découvrir, et qu'un instant auparavant son utilité, pour l'interprétation d'un passage de Pausanias, avait rendue à ses yeux de la plus haute importance. Mais pourquoi tenter de décrire des charmes plus aisés à sentir qu'à apprécier? Innocence, jeunesse, beauté, tout respirait en elle cette fraîcheur de la nature, étrangère à l'affectation de nos salons à la mode.

Lorsque Aubrey dessinait ces augustes débris, dont il désirait conserver l'image pour l'amusement de ses heures futures, Ianthe, debout, et penchée sur son épaule, suivait avec avidité les progrès magiques de son pinceau, retraçant les sites pittoresques des lieux où elle était née. Elle lui racontait alors, avec tout le feu d'une mémoire encore toute fraîche, ses compagnes foulant avec elle, dans leur danse légère, la verte pelouse des environs, ou la pompe des fêtes nuptiales, dont elle avait été témoin dans son enfance. Quelquefois encore, tournant ses souvenirs sur des objets qui évidemment lui avaient laissé une impression plus profonde, elle lui redisait les contes surnaturels dont sa nourrice avait effrayé sa jeune attention. Son ton sérieux et son air de sincérité, quand elle faisait ce récit, excitaient une tendre compassion pour elle, dans le cœur d'Aubrey : souvent même, comme elle lui décrivait le vampire vivant qui avait passé des années au milieu d'amis, et des plus tendres objets d'attachement, forcé chaque an, par un pouvoir infernal, de prolonger son existence pour les mois suivants par le sacrifice de quelque jeune et innocente beauté, Aubrey sentait son sang se glacer dans ses veines, tout en essayant de tourner en ridicule de si horribles fables ; mais Ianthe en réponse lui citait le nom de vieillards qui avaient fini par découvrir un vampire vivant au milieu d'eux, seulement après que plusieurs de leurs filles avaient succombé, victimes de l'horrible appétit de ce monstre ; et, poussée à bout par son apparente incrédulité, elle le suppliait ardemment de prêter foi à ses récits ; car on avait remarqué, ajoutait-elle, que ceux qui osaient douter de l'existence des vampires, ne pouvaient éviter quelque jour d'être convaincus de leur erreur par leur propre et funeste expérience. Ianthe lui dépeignait l'extérieur que l'on s'accordait à donner à ces monstres, et l'impression d'horreur qui avait déjà frappé l'esprit d'Aubrey, redoublait encore par un portrait qui lui rappelait, d'une manière effrayante, Lord Ruthwen. Il persistait néanmoins dans ses efforts pour lui persuader de renoncer à des terreurs aussi vaines, quoique en lui-même il frémît de reconnaître ces mêmes traits qui avaient tous tendu à lui faire voir quelque chose de surnaturel dans Lord Ruthwen.

Aubrey, de jour en jour, s'attachait davantage à Ianthe ; son innocence, si différente de ces vertus affectées qu'il avait rencontrées jadis dans ces femmes parmi lesquelles il avait cherché à retrouver ces notions romanesques sucées dans son jeune âge, séduisait incessamment son corps ; et tandis qu'il se représentait à lui-même le ridicule d'une union conjugale entre un jeune homme élevé suivant les usages de l'Angleterre, et une jeune Grecque sans éducation, il sentait s'accroître de plus en plus son affection pour la jeune enchanteresse avec qui s'écoulaient tous ces moments. Quelquefois il voulait s'éloigner d'elle ; et, bâtissant un plan de recherches d'antiquités, il projetait de partir, décidé à ne pas reparaître à Athènes avant d'avoir rempli l'objet de son excursion ; mais il trouvait toujours impossible de fixer son attention sur les ruines des environs, tandis que l'image fraîche d'Ianthe vivait au fond de son cœur. Ignorant l'amour qu'elle lui avait inspiré, elle avait toujours avec lui cette même franchise enfantine qu'elle lui avait montrée dès le premier abord. Elle semblait toujours ne se séparer de lui qu'avec une extrême répugnance ; mais c'était uniquement parce qu'elle n'avait plus alors de compagnon pour parcourir avec elle ces sites favoris où elle errait, tandis que non loin d'elle Aubrey s'occupait à retracer ou découvrir quelque fragment échappé à la faux destructive du temps. Elle avait appelé en témoignage de ce qu'elle avait raconté à Aubrey, au sujet des vampires, son père et sa mère, qui tous deux, ainsi que plusieurs autres personnes présentes, avaient affirmé leur existence, en pâlissant d'horreur à ce nom seul. Peu de temps après, Aubrey se décida à entreprendre une petite excursion qui devait l'occuper plusieurs heures ; lorsque ses hôtes l'entendirent désigner l'endroit, d'un commun accord ils se hâtèrent de le supplier de revenir à Athènes avant la nuit tombante ; car il devait, lui dirent-ils, traverser nécessairement un bois où nul Grec ne se hasarderait à entrer, pour aucune considération au monde, après le coucher du soleil. Ils le lui dépeignirent comme le repaire des vampires dans leurs orgies nocturnes, et le menacèrent des malheurs les plus épouvantables s'il osait troubler, par son passage, ces monstres dans leur cruelle fête. Aubrey traita légèrement leurs représentations, et essaya même de leur faire sentir toute l'absurdité de pareilles idées ; mais pourtant, quand il les vit tressaillir de terreur à son audacieux mépris d'un pouvoir infernal et irrésistible dont le nom seul suffisait pour les faire frissonner, il se tut.

Le lendemain matin Aubrey se mit en route sans suite ; à son départ, il observa avec peine et surprise l'air mélancolique de ses hôtes, et l'impression de terreur que ses railleries sur l'existence des vampires avaient répandue sur leurs traits. A l'instant même où il montait à cheval, Ianthe vint près de lui, et d'un ton sérieux le conjura, par tout ce qu'il avait de plus cher au monde, de retourner à Athènes avant que la nuit vînt rendre à ces monstres leur pouvoir. Il promit de lui obéir ; mais ses recherches scientifiques absorbèrent tellement son esprit qu'il ne s'aperçut même pas que le jour était près de finir, et qu'à l'horizon se formait une de ces taches qui, dans ces brûlants climats, grossissent avec une telle rapidité que, bientôt devenues une masse épouvantable, elles versent sur la campagne désolée toute leur rage. A la fin cependant il se décida à remonter à cheval, et à compenser, par la vitesse de son retour, le temps perdu. Mais il était trop tard. Le crépuscule est, pour ainsi dire, inconnu dans ces contrées méridionales, et la nuit commence avec le coucher du soleil. Avant qu'Aubrey fût loin dans la forêt, l'orage avait éclaté sur sa tête avec fureur. Le tonnerre grondait coup sur coup et, répété par les nombreux échos d'alentour, ne laissait presque point d'intervalles de silence. La pluie, tombant à torrents, forçait son passage jusqu'à Aubrey à travers l'épais couvert du feuillage, tandis que les éclairs brillaient autour de lui, et que la foudre même venait quelquefois éclater à ses pieds. Son coursier épouvanté tout à coup l'emporta à travers le plus épais du bois. L'animal hors d'haleine à la fin s'arrêta, et Aubrey, à la lueur des éclairs, remarqua près de lui une hutte presque enterrée sous des masses de feuilles mortes et de broussailles, qui l'enveloppaient de tout côté. Aubrey descendit de cheval, et approcha de la hutte, espérant y trouver quelqu'un qui lui servirait de guide jusqu'à la ville, ou du moins s'y procurer un abri contre la tempête. Au moment où il s'en approchait, le tonnerre s'étant ralenti pour quelques instants, il put distinguer les cris perçants d'une femme auxquels répondait un rire amer et presque continu : Aubrey tressaillit, et hésita s'il entrerait; mais un éclat de tonnerre, qui soudain gronda de nouveau sur sa tête, le tira de sa rêverie; et par un effort de courage, il franchit le seuil de la hutte. Il se trouva dans la plus profonde obscurité; le bruit qui se prolongeait lui servit pourtant de guide; personne ne répondait à son appel réitéré. Tout à coup il heurta quelqu'un qu'il arrêta sans balancer; quand une voix horrible fit entendre ces mots : Encore troublé... auxquels succéda un éclat de rire affreux; et Aubrey se sentit saisi avec une vigueur qui lui parut surnaturelle. Décidé à vendre chèrement son existence, il lutta, mais en vain : ses pieds perdirent, en un instant, le sol; et, enlevé par une force irrésistible, il se vit précipiter contre la terre, qu'il mesura de tout son corps. Son ennemi se jeta sur lui; et, s'agenouillant sur sa poitrine, portait déjà ses mains à sa gorge, quand la réverbération d'un grand nombre de torches, pénétrant dans la hutte par une ouverture destinée à l'éclairer pendant le jour, vint troubler le monstre dans son épouvantable orgie; il se hâta de se relever, et, laissant là sa proie, s'élança hors de la porte : le bruit qu'il fit en s'ouvrant un passage à travers l'épaisse bruyère cessa au bout de quelques instants.

L'orage cependant s'était calmé tout à fait, et les nouveaux venus purent entendre, du dehors, les plaintes d'Aubrey que l'épuisement total de ses forces empêchait de remuer. Ils entrèrent dans la hutte : la lumière de leurs torches vint se réfléchir sur ses voûtes mousseuses, et ils se virent tous couverts de flocons d'une suie épaisse. A la prière d'Aubrey ils s'éloignèrent de lui pour chercher la femme dont les cris l'avaient attiré; et comme ils s'avançaient sous les replis caverneux de la hutte, il se vit replonger encore dans les plus profondes ténèbres : mais bientôt de quelle horreur ne fut-il pas frappé quand, à la lueur des torches qui revenaient fondre sur lui, il reconnut le corps inanimé de la charmante Ianthe, porté par ses compagnons! Vainement il ferma les yeux, se flattant que ce n'était qu'une vision, fruit de son imagination dérangée; mais quand il les rouvrit, il revit encore les restes de son amante étendue sur la terre à côté de lui : ces joues arrondies et ces lèvres délicates, qui naguère auraient fait honte à la rose par leur fraîcheur, étaient maintenant d'une pâleur sépulcrale; et cependant encore il régnait à présent, sur les traits charmants de Ianthe, un calme admirable et presque aussi attachant que la vie qui jadis les animait : sur son cou et sa poitrine on voyait des traces de sang, et sa gorge portait les empreintes des dents cruelles qui avaient ouvert ses veines : les villageois qui avaient porté le corps, indiquant du doigt ces marques funestes, et comme frappés simultanément d'horreur, s'écrièrent : Un vampire! un vampire! Ils formèrent à la hâte une litière, et placèrent dessus Aubrey à côté de celle qui naguère avait été pour lui l'objet des rêves de félicité les plus flatteurs, mais dont maintenant la vie venait de s'éteindre dans sa fleur.

Aubrey ne pouvait plus retrouver le fil de ses idées, ou plutôt semblait chercher un refuge contre le désespoir dans une totale absence de pensées. Il tenait, presque sans le savoir dans sa main, un poignard nu d'une forme extraordinaire, qu'on avait ramassé dans la hutte. Bientôt le triste cortège rencontra d'autres paysans, qu'une mère alarmée envoyait encore à la recherche de son enfant chérie : mais les cris lamentables que poussait la troupe désolée, au moment où ils approchaient de la ville, furent pour cette mère et son époux infortuné avant-coureurs de quelque horrible catastrophe. Décrire l'angoisse de leur attente inquiète serait impossible; mais quand ils eurent découvert le corps de leur fille adorée, ils regardèrent Aubrey, lui firent remarquer du doigt les indices affreux de l'attentat qui avait causé sa mort, et tous deux expirèrent de désespoir.

Aubrey, étendu sur sa couche de douleur et en proie à une fièvre ardente, au milieu des accès de son délire, appelait Lord Ruthwen et Ianthe. Quelquefois il suppliait son ancien compagnon d'épargner celle qu'il aimait : d'autres fois il accumulait les imprécations sur sa tête, et le maudissait comme le destructeur de sa félicité.

Lord Ruthwen se trouvait justement alors à Athènes; et, ayant eu connaissance de la triste situation d'Aubrey, pour quelque motif secret, vint se loger sous le même toit, et devint son compagnon assidu. Quand son ami sortit de son délire, il tressaillit d'horreur à l'aspect de celui dont l'image s'était maintenant confondue dans sa tête avec l'idée d'un vampire; mais Lord Ruthwen, par son ton persuasif, ses demi-aveux qu'il regrettait la faute qui avait causé leur séparation, et encore plus par les attentions soutenues, l'anxiété et les soins qu'il prodigua à Aubrey, le réhabitua bientôt à sa présence. Lord Ruthwen semblait tout à fait changé; ce n'était plus cet être dont l'apathie avait tellement étonné Aubrey; mais aussitôt que ce dernier commença à faire des progrès rapides dans sa convalescence, il s'aperçut avec chagrin que son compagnon retombait dans son flegme ordinaire, et il retrouva en lui tout à fait l'homme de leur première liaison, si ce n'est que de temps à autre Aubrey observait avec surprise que Lord Ruthwen semblait fixer sur lui un regard pénétrant, tandis qu'un sourire cruel de dédain voltigeait sur ses lèvres. Il se perdait en conjectures sur l'intention de cet affreux sourire, si souvent réitéré. Lorsque Aubrey entra dans la dernière période de son rétablissement, Lord Ruthwen, s'éloignant de plus en plus de lui, semblait exclusivement occupé à contempler les vagues soulevées par la brise rafraîchissante, ou à suivre la marche de ces planètes, qui, ainsi que notre globe, se meuvent autour d'un astre immobile; mais le fait est qu'il semblait chercher principalement à se soustraire aux yeux de tous.

La tête d'Aubrey avait été très affaiblie par le choc qu'il venait d'éprouver; et cette élasticité d'esprit, qui avait tant brillé en lui jadis, semblait s'être évanouie pour toujours. Il était maintenant aussi épris de la solitude et du silence que Lord Ruthwen lui-même. Mais c'est en vain qu'il soupirait après cette solitude; pouvait-elle exister pour lui dans le voisinage d'Athènes? La cherchait-il parmi ces ruines qu'il avait jadis fréquentées, l'image de Ianthe l'y accompagnait comme autrefois; la cherchait-il au fond des bois, il s'imaginait y voir encore la démarche légère de Ianthe, voltigeant au milieu des taillis, à la découverte de la modeste violette, quand, par une transition subite, sa sombre imagination lui représentait son amante, la figure pâle, la gorge saignante, et ses lèvres décolorées, mais qu'un sourire toujours aimable, malgré le trépas, venait encore orner.

Il se détermina enfin à fuir des sites dont chaque trait était, pour sa raison affaiblie, une source de tableaux douloureux. Il proposa à Lord Ruthwen, qu'il croyait ne devoir point quitter, après tous les soins qu'il en avait reçus pendant son indisposition, de visiter ensemble ces parties de la Grèce qui leur étaient encore inconnues à tous deux. Ils partirent donc, et allèrent à la recherche de chaque lieu auquel se rattachait un ancien souvenir ; mais, quoiqu'ils courussent constamment d'une place à une autre, ils ne semblaient cependant, ni l'un ni l'autre, prêter une attention réelle aux objets variés qui passaient sous leurs yeux. Ils entendaient souvent parler de voleurs infestant le pays ; mais, graduellement, ils en vinrent à mépriser ces rapports, qu'ils regardaient comme une pure invention de gens intéressés à exciter la générosité de ceux qu'ils défendaient de prétendus dangers. Entre autres occasions, où ils négligèrent l'avis des villageois, ils voyageaient un jour avec une garde si peu nombreuse, qu'elle pouvait plutôt leur servir de guide que de défense. Au moment, cependant, où ils venaient d'entrer dans un étroit défilé, au fond duquel était le lit d'un torrent qui roulait, confondu avec des masses de roc, dans les précipices voisins, ils eurent raison de regretter leur imprudente confiance ; à peine étaient-ils engagés dans ce pas dangereux, qu'une grêle de balles vint siffler à leurs oreilles, tandis que les échos d'alentour répétaient le son de plusieurs armes à feu. Bientôt une balle vint se loger dans l'épaule de Lord Ruthwen, qui tomba du coup. Aubrey vola à son assistance ; et, ne songeant plus à se défendre, ni à son propre péril, se vit bientôt entouré par les brigands. L'escorte, aussitôt qu'elle avait vu tomber Lord Ruthwen, avait jeté ses armes et demandé quartier. Par la promesse d'une forte récompense, Aubrey décida les voleurs à transporter son ami blessé à une cabane voisine ; et, étant convenu avec eux d'une rançon, il ne fut plus importuné de leur présence, les bandits se bornant à surveiller la chaumière jusqu'au retour de l'un d'eux, qui alla recevoir, dans une ville voisine, le montant d'une traite qu'Aubrey leur donna sur son banquier.

Les forces de Lord Ruthwen déclinèrent rapidement ; au bout de deux jours la gangrène parut, et l'instant de sa dissolution sembla s'avancer à grands pas. Sa manière d'être et ses traits étaient toujours les mêmes. On aurait dit qu'il était aussi indifférent à la douleur qu'il l'avait été autrefois à tout ce qui se passait autour de lui ; mais, vers la fin de la seconde soirée, il sembla préoccupé de quelque idée pénible ; ses yeux se fixaient souvent sur Aubrey, qui, s'en apercevant, lui offrit, avec chaleur, son assistance. « Vous voulez m'assister ! lui dit son ami. Vous pouvez me sauver ! vous pouvez faire plus encore ! Je ne parle pas de ma vie ; je regarde d'un œil aussi insouciant le terme de mon existence que celui du jour près de finir ! mais vous pouvez sauver mon honneur, l'honneur de votre ami ! — Comment ! oh ! dites-moi comment ! lui répondit Aubrey, je ferais tout au monde pour vous être utile. — Je n'ai que peu de chose à vous demander, répliqua Lord Ruthwen. Ma vie décline rapidement, et il me manque le temps pour vous développer toute mon idée ; mais si vous vouliez cacher tout ce que vous savez de moi, mon honneur serait, dans le monde, à l'abri de toute atteinte ; et si ma mort était ignorée pour quelque temps en Angleterre... — Je la cacherai ! dit Aubrey. — Mais ma vie ! s'écria Lord Ruthwen. — J'en tairai l'histoire, ajouta Aubrey... — Jurez donc ! cria son ami expirant, se relevant par le dernier effort d'une avide joie ; jurez par tout ce que votre âme révère ou redoute ; jurez que, pour un an et un jour, vous garderez un secret inviolable sur tout ce que vous savez de mes crimes, et sur ma mort, vis-à-vis de quelque personne que ce puisse être, quelque chose qui puisse arriver, quelque objet extraordinaire enfin qui puisse frapper vos regards ! » En prononçant ces mots, ses yeux pétillants semblaient sortir de leurs orbites. « Je le jure », dit Aubrey... et Lord Ruthwen, retombant sur son chevet, avec un éclat de rire horrible, exhala son dernier soupir.

Aubrey se retira dans son appartement, pour se reposer ; mais il n'y put trouver le sommeil. Les circonstances extraordinaires qui avaient accompagné toute sa liaison avec Lord Ruthwen se pressaient involontairement dans sa mémoire frappée ; et quand il en venait à son serment, un frissonnement irrésistible s'emparait de lui, comme un pressentiment de quelque chose d'horrible qui l'attendait. S'étant levé de bonne heure le lendemain, au moment où il allait entrer dans la chambre où il avait laissé le corps de son ami, il rencontra un des bandits qui le prévint qu'il n'était plus à cette place, et qu'avec l'aide de ses compagnons il avait transporté le cadavre immédiatement après qu'Aubrey s'était retiré chez lui, et suivant la promesse qu'ils en avaient faite à Lord Ruthwen, sur le sommet d'une colline voisine, afin de l'y exposer au premier pâle rayon de la lune qui se lèverait après sa mort. Aubrey, surpris, et prenant avec lui quelques-uns de ces hommes, se décida à gravir cette colline, et à y ensevelir, sur le lieu même, son compagnon ; mais quand il eut atteint le faîte de la montagne, il n'y trouva de trace ni du corps ni des vêtements, quoique les bandits lui assurassent qu'il était sur la roche même où ils avaient déposé les restes de Lord Ruthwen. D'abord, son esprit se perdit en conjectures sur cet étrange événement ; mais il finit par se persuader, en retournant chez lui, que les voleurs avaient tout simplement enseveli le corps pour s'approprier les vêtements.

Las d'une contrée où il avait rencontré de si terribles catastrophes, et où tout semblait conspirer pour approfondir cette mélancolie superstitieuse qui avait frappé son esprit, il prit le parti de s'éloigner de la Grèce, et bientôt arriva à Smyrne. Tandis qu'il y attendait un navire pour le transporter à Otrante ou à Naples, il s'occupa de l'inspection des divers effets qui avaient appartenu à Lord Ruthwen : entre autres choses, il remarqua une caisse contenant des armes offensives, toutes singulièrement adaptées pour porter une prompte mort dans le sein de ses victimes. Il observa plusieurs poignards ; et, pendant qu'il les retournait dans cet examen, et admirait leurs formes curieuses, quelle ne fut pas sa surprise à l'aspect d'un fourreau, dont les ornements étaient exactement du même goût que le poignard ramassé dans la fatale hutte ! Il tressaillit à cette vue ; et se hâtant d'acquérir une nouvelle preuve à l'appui de la présomption qui frappait déjà son âme, il chercha immédiatement le poignard, et qu'on juge l'horreur qui vint le saisir à la découverte désespérante que l'arme cruelle, quelque extraordinaire que fût sa forme, remplissait justement le fourreau qu'il tenait à la main ! Ses yeux semblaient ne plus demander d'autres témoins pour le confirmer dans son affreux soupçon, et paraissaient ne pouvoir se détacher de l'instrument de mort : il désirait cependant se faire encore illusion ; mais cette ressemblance d'une forme aussi singulière, cette même variété de couleurs qui ornaient le manche du poignard et le fourreau, et plus que tout cela encore, quelques gouttes de sang empreintes sur l'un et sur l'autre, détruisaient toute possibilité d'un doute. Il quitta Smyrne et, en passant par Rome, son premier soin fut de recueillir quelques informations sur le sort de la jeune personne qu'il avait essayé de sauver de la séduction de Lord Ruthwen. Ses parents, d'une brillante fortune, étaient tombés maintenant dans une extrême détresse, et on ne savait ce que leur fille elle-même était devenue depuis le départ de son amant. Il n'eut que trop lieu de craindre que la jeune Romaine n'eût succombé, victime du destructeur de Ianthe.

Tant d'horreurs réitérées avaient enfin désolé le cœur d'Aubrey. Il devint hypocondre et silencieux : son unique soin était d'accélérer la marche des postillons, comme s'il s'agissait d'aller sauver la vie de quelqu'un qui lui fût cher. Bientôt il arriva à Calais ; une brise, qui semblait obéir à ses désirs, le porta promptement à la côte d'Angleterre ; il se hâta de se rendre à l'antique manoir de ses pères, et y parut pour quelque temps perdre, dans les tendres embrassements de sa sœur, le souvenir du passé : si jadis ses caresses enfantines l'avaient vivement intéressé, maintenant qu'elle avait atteint sa dix-huitième année, ses manières avaient acquis avec l'âge une nuance plus douce et encore plus attachante.

Miss Aubrey n'avait pas cette grâce brillante qui captive l'admiration et l'applaudissement d'un cercle nombreux. Il n'y avait rien dans sa contenance de cette teinte animée qui n'existe que dans l'atmosphère échauffée d'un salon tumultueux. Son grand œil bleu n'était jamais visité par cette gaieté insouciante qui n'appartient qu'à la légèreté d'esprit ; mais il respirait cette langueur mélancolique qui provient moins de l'infortune que d'une âme religieusement empreinte de l'attente d'une vie future, et plus solide que notre existence éphémère. Elle n'avait pas cette démarche aérienne qu'un papillon, une fleur, un rien suffit pour mettre en mouvement. Son maintien était calme et pensif. Dans la solitude ses traits ne perdaient jamais cet air sérieux et réfléchi qui leur était naturel ; mais était-elle près de son frère, tandis qu'il lui exprimait sa tendre affection et s'efforçait d'oublier en sa présence ces chagrins qu'elle savait trop bien avoir détruit sa félicité sans retour, qui aurait voulu échanger alors le sourire reconnaissant de Miss Aubrey contre le sourire même de la volupté ? Ses yeux, ses traits respiraient alors une céleste harmonie avec les douces vertus de son âme. Elle n'avait pas encore fait sa première entrée dans le monde, ses tuteurs ayant jugé plus convenable de différer cette grande époque jusqu'au retour de son frère, pour qu'il pût lui servir de protecteur. Il fut donc maintenant décidé que le cercle qui allait sous peu se tenir à la cour serait choisi pour son introduction dans la société. Aubrey eût préféré ne pas quitter la demeure de ses ancêtres, et y nourrir cette mélancolie qui le consumait sans cesse. Quel intérêt, en effet, pouvaient avoir pour lui les frivolités des réunions à la mode, après les impressions profondes dont les événements passés avaient empreint son âme ? mais il n'hésita pas à faire le sacrifice de ses propres goûts à la protection qu'il devait à sa sœur. Ils se rendirent à Londres, et se préparèrent pour le cercle qui devait avoir lieu dès le lendemain de leur arrivée. La foule était prodigieuse. Il n'y avait pas eu de réunion à la cour depuis longtemps, et tous ceux qui étaient jaloux de briguer la faveur d'un sourire royal étaient là. Tandis qu'Aubrey se tenait à l'écart, insensible à ce qui se passait autour de lui, et que justement il venait de se rappeler que c'était à cette même place qu'il avait vu pour la première fois Lord Ruthwen, il se sentit tout à coup saisi par le bras, et une voix qu'il ne reconnut que trop bien fit retentir ces mots à son oreille : « Souvenez-vous de votre serment ! » Tremblant de voir un spectre prêt à le réduire en poudre, il eut à peine le courage de se retourner, quand il aperçut près de lui cette même figure qui avait tellement attiré son attention justement au même endroit, le premier jour de son début dans la société. Il la regarda d'un air effaré jusqu'à ce que, ses jambes se refusant presque à le soutenir, il se vît obligé de prendre le bras d'un ami, et, se frayant un chemin à travers la foule, il se jetât dans sa voiture. Rentré chez lui, il arpentait son appartement à pas précipités, et portait ses mains sur sa tête, comme s'il eût craint que la faculté de penser ne s'en échappât sans retour. Lord Ruthwen était toujours devant ses yeux : les circonstances se combinaient dans sa tête dans un ordre désespérant ; le poignard, son serment... Honteux de lui-même et de sa crédulité, il cherchait à secouer ses esprits abattus, et à se persuader que ce qu'il avait vu ne pouvait exister : un mort sortir du tombeau ! Son imagination seule avait sans doute évoqué du sépulcre l'image de l'homme qui occupait incessamment son esprit ; enfin, il en vint à se convaincre que cette vision était certainement sans réalité. Quoi qu'il en pût être, il se décida à retourner encore dans la société ; car, quoiqu'il essayât vingt fois de questionner ceux qui l'entouraient sur Lord Ruthwen, ce nom fatal restait toujours suspendu sur ses lèvres, et il ne pouvait réussir à recueillir aucune information sur l'objet qui l'intéressait si fortement. Quelques soirées après, il conduisit encore sa sœur à une brillante assemblée, chez quelqu'un de ses parents. La laissant sous la protection d'une dame d'un âge respectable, il se plaça lui-même dans un coin isolé des appartements ; et là, se livra tout entier à ses tristes pensées. Un long temps s'écoula ainsi, et enfin il s'aperçut qu'un grand nombre de personnes avaient déjà quitté les salons ; il sortit forcément de cet état de stupeur, et, entrant dans une pièce voisine, il y vit sa sœur environnée de plusieurs personnes, avec qui elle paraissait en conversation soutenue ; il s'efforçait de s'ouvrir route jusqu'à elle, et venait de prier une personne devant lui de le laisser passer, quand cette personne, se retournant, lui montra les traits qu'il abhorrait le plus au monde. Tout hors de lui-même, à cette fatale vue, il se précipita vers sa sœur, la saisit par la main, et, à pas redoublés, l'entraîna vers la rue. Sur le seuil de l'hôtel il se trouva arrêté quelques instants par la foule de domestiques qui attendaient leurs maîtres ; et tandis qu'il traversait leurs rangs, il entendit cette voix qui ne lui était que trop bien connue, faire résonner à son oreille ces mots terribles : « Souvenez-vous de votre serment ! » Éperdu, terrifié, il n'osa pas même lever les yeux autour de lui ; mais, accélérant la marche de sa sœur, il s'élança dans sa voiture, et bientôt fut chez lui.

Le désespoir d'Aubrey maintenant alla presque jusqu'à la folie. Si déjà auparavant son esprit avait été absorbé par un seul objet, combien en devait-il être frappé plus profondément à présent que la certitude que le monstre était encore vivant le poursuivait sans relâche. Il était devenu insensible aux tendres attentions de sa sœur, et c'était en vain qu'elle le suppliait d'expliquer la cause de ce changement subit qui s'était opéré en lui. Il ne lui répondait que par quelques mots entrecoupés et ce peu de mots toutefois suffisait pour porter la terreur dans l'âme de sa sœur. Plus Aubrey réfléchissait à tout cet horrible mystère et plus il s'égarait dans ce cruel labyrinthe. L'idée de son serment le faisait frémir. Que devait-il faire ? Devait-il permettre à ce monstre de porter son souffle destructeur parmi toutes les personnes qui lui étaient chères, sans arrêter d'un seul mot ses progrès ; sa sœur même pouvait avoir été touchée par lui ! mais quoi ! si même il osait rompre son serment, et découvrir l'objet de ses terreurs, qui y ajouterait foi ? Quelquefois il songeait à employer son propre bras pour débarrasser le monde de ce scélérat : mais l'idée qu'il avait déjà triomphé de la mort l'arrêtait. Pendant nombre de jours, il resta plongé dans cet état de marasme : enfermé dans sa chambre, il ne voulait voir personne, et ne consentait même à prendre quelque nourriture que lorsque sa sœur, les larmes aux yeux, venait le conjurer de soutenir son existence par pitié pour elle. Enfin, incapable de supporter plus longtemps la solitude, il sortit de chez lui, et courait de rue en rue comme pour échapper à l'image qui le suivait si obstinément. Insouciant sur l'espèce de vêtement dont il couvrait son corps, il errait çà et là aussi souvent exposé aux feux dévorants du soleil de midi qu'à la froide humidité des soirées. Il était devenu méconnaissable ; d'abord il rentrait chez lui pour y passer la nuit ; mais bientôt il se couchait sans choix partout où l'épuisement de ses forces l'obligeait de prendre quelque repos. Sa sœur, inquiète des dangers qu'il pouvait courir, voulut le faire suivre ; mais Aubrey laissait promptement derrière lui ceux qu'elle avait chargés de cet emploi, et échappait à ses surveillants plus vite qu'une pensée ne nous fuit. Il changea néanmoins tout à coup de conduite. Frappé de l'idée que son absence laissait ses meilleurs amis sans le savoir dans la société d'un être aussi dangereux, il se décida à paraître de nouveau dans le monde et à veiller de près Lord Ruthwen, avec l'intention de prévenir, en dépit de son serment, toutes les personnes dans l'intimité desquelles il chercherait à s'immiscer. Mais lorsque Aubrey entrait dans un salon, son regard effaré et soupçonneux était si remarquable, ses tressaillements involontaires si visibles, que sa sœur se vit à la fin réduite à le solliciter de s'abstenir de fréquenter, uniquement par condescendance pour elle, un monde dont la seule vue paraissait l'affecter si fortement. Quand ses tuteurs s'aperçurent que les conseils et les prières de sa sœur étaient inutiles, ils jugèrent à propos d'interposer leur autorité ; et craignant qu'Aubrey ne fût menacé d'une aliénation mentale, ils pensèrent qu'il était grandement temps qu'ils reprissent la charge qui leur avait été confiée par ses parents.

Désirant ne plus avoir à craindre pour lui le renouvellement des souffrances et des fatigues auxquelles ses excursions l'avaient souvent exposé, et dérober aux yeux du monde ces marques de ce qu'ils nommaient folie, ils chargèrent un médecin habile de résider auprès de lui pour le soigner, et de ne le jamais perdre de vue. A peine Aubrey s'aperçut-il de toutes ces mesures de précaution tant ses idées étaient absorbées par un seul et terrible objet. Renfermé dans son appartement, il y passait souvent des jours entiers dans un état de morne stupeur dont rien ne pouvait le retirer. Il était devenu pâle, décharné ; ses yeux n'avaient plus qu'un éclat fixe ; le seul signe d'affection et de réminiscence qu'il déployait encore était à l'approche de Miss Aubrey ; alors il tressaillait d'effroi et, pressant les mains de sa sœur avec un regard qui portait la douleur dans son cœur, il lui adressait ces mots détachés : Oh ! ne le touchez pas ; par pitié, si vous avez quelque amitié pour moi, n'approchez pas de lui. Et cependant, quand elle le suppliait de lui indiquer du moins de qui il parlait, sa seule réponse était : Il est trop vrai ! il est trop vrai ! et il retombait dans un affaissement dont elle ne pouvait plus l'arracher. Cet état pénible avait duré nombre de mois ; cependant lorsque l'année fatale fut au moment d'être écoulée, l'incohérence de ses manières devint moins alarmante ; son esprit parut être dans des dispositions moins sombres, et ses tuteurs observèrent même que plusieurs fois par jour il comptait sur ses doigts un nombre déterminé, tandis qu'un sourire de satisfaction s'épanouissait sur ses lèvres.

L'an était presque passé, quand le dernier jour un de ses

tuteurs, étant entré dans son appartement, entretint le médecin du triste état de santé d'Aubrey, et remarqua combien il était fâcheux qu'il fût dans une situation aussi déplorable, tandis que sa sœur devait se marier le lendemain. Ces mots suffirent pour réveiller l'attention d'Aubrey ; et il demanda avec empressement, à qui ? Son tuteur, charmé de cette marque de retour de sa raison, dont il craignait qu'il n'eût été à jamais privé, lui répondit, avec le comte Marsden. Pensant que c'était quelque jeune noble qu'il avait rencontré en société, mais que sa distraction d'esprit ne lui avait pas permis de remarquer dans le temps, Aubrey parut fort satisfait, et surprit encore davantage son tuteur, par l'intention qu'il exprima d'être présent aux noces de sa sœur, et son désir de la voir auparavant. Pour toute réponse, quelques minutes après, sa sœur était près de lui ; il semblait être redevenu sensible à son sourire aimable ; il la serra contre son cœur, et pressa tendrement de ses lèvres ses joues humides des larmes de plaisir que lui causait l'idée que son frère avait retrouvé toute son affection pour elle. Il lui parla avec chaleur, et la félicita vivement sur son union avec un personnage d'une naissance aussi distinguée et aussi accompli, lui avait-on dit, quand, soudain, il remarqua un médaillon sur son sein : l'ayant ouvert, quelle ne fut pas son horrible surprise à la vue des traits du monstre qui, depuis si longtemps, avait un tel ascendant sur son existence. Il saisit le portrait, dans un accès de rage, et le foula aux pieds ; et, comme sa sœur lui demandait, pourquoi il détruisait l'image de l'homme qui allait devenir son mari, il regarda d'un air effaré, comme s'il n'avait pas compris sa question ; et alors, lui serrant les mains, et jetant sur elle un coup d'œil désespéré et frénétique, il la supplia de lui promettre, sous serment, qu'elle n'épouserait jamais ce monstre ; car il... Mais, là, il fut contraint de s'interrompre : il lui sembla que la voix fatale lui recommandait encore de se rappeler son serment. Il se retourna brusquement, pensant que Lord Ruthwen était là ; mais il ne vit personne. Cependant, les tuteurs et le médecin qui avaient entendu tout ce qui s'était passé, et qui s'imaginèrent que c'était un retour de désordre d'esprit, entrèrent tout à coup, et l'éloignant de sa sœur, la prièrent de quitter la chambre. Il tomba sur ses genoux, et les conjura de différer la cérémonie, ne fût-ce que d'un seul jour. Mais eux, supposant que tout cela n'était qu'un pur accès de folie, s'efforcèrent de le tranquilliser, et se retirèrent.

Lord Ruthwen, dès le lendemain du cercle de la cour, s'était présenté chez Aubrey; mais la permission de le voir lui avait été refusée ainsi qu'à tout le monde. Lorsqu'il apprit, bientôt après, l'état alarmant de sa santé, il sentit immédiatement que c'était lui qui en était la cause; mais quand on lui dit qu'Aubrey paraissait être tombé dans la démence, il eut peine à cacher sa triomphante joie à ceux qui lui donnaient cette information. Il se hâta de se faire introduire auprès de Miss Aubrey; et, par une cour assidue, et l'intérêt qu'il semblait prendre sans cesse à la déplorable situation de son frère, il réussit à captiver son cœur. Qui, en effet, aurait pu résister à ses pouvoirs de séduction? Sa langue insinuante avait tant de fatigues, de dangers inconnus à raconter; il pouvait, avec tant d'apparence de raison, parler de lui-même comme d'un être tellement différent du reste du genre humain, et n'ayant de sympathie qu'avec elle seule : il avait tant de motifs plausibles pour prétendre que ce n'était que depuis qu'il pouvait savourer les délices de sa voix charmante, qu'il commençait à perdre cette insensibilité pour l'existence qu'il avait dénotée jusqu'alors : enfin, il savait si bien mettre à profit l'art dangereux de la flatterie, ou du moins tel était l'arrêt de la destinée, qu'il conquit toute sa tendresse. Dans ce même temps l'extinction d'une branche aînée lui transmit le titre de comte de Marsden; et dès que son union avec Miss Aubrey fut convenue, il prétexta des affaires importantes qui l'appelaient sur le continent, pour presser la cérémonie, nonobstant l'état affligeant du frère, et il fut décidé que son départ aurait lieu le jour même de son mariage. Aubrey ayant été abandonné à lui-même par ses tuteurs, et même par son médecin, essaya de corrompre, à force de présents, les domestiques, mais inutilement; n'ayant pu obtenir qu'ils le laissassent sortir, il demanda une plume et du papier, et il écrivit à sa sœur, la conjurant, par considération pour sa propre félicité, son honneur et celui de ses parents renfermés dans la tombe, de différer seulement de quelques heures une union qui devait être accompagnée des plus grands malheurs. Les domestiques lui promirent de remettre la lettre à sa sœur; mais ils la portèrent au médecin, qui jugea plus convenable de ne pas la chagriner davantage par ce qu'il considérait comme de purs actes de démence.

La nuit se passa dans les préparatifs pour la cérémonie du lendemain. Aubrey entendait le tout avec une horreur plus aisée à imaginer qu'à décrire. La fatale matinée n'arriva que trop tôt : déjà le bruit des nombreux équipages venait frapper l'oreille d'Aubrey. Il délirait presque de rage. Heureusement, la curiosité des domestiques chargés de le veiller l'ayant emporté sur leur zèle à remplir leur devoir, ils s'éloignèrent tous l'un après l'autre, le laissant imprudemment sous la garde d'une femme âgée et sans force. Il saisit avidement l'occasion, et d'un seul bond était hors de son appartement ; dans un instant il se trouva dans le salon, où presque tout le monde était déjà rassemblé. Lord Ruthwen fut le premier à l'apercevoir. Il s'approcha immédiatement d'Aubrey et, prenant son bras de force, l'entraîna de la chambre hors d'état de parler de rage. Quand ils furent sur l'escalier, Lord Ruthwen lui murmura ces mots à l'oreille : « Souvenez-vous de votre serment, et sachez que votre sœur, si elle ne devient pas mon épouse aujourd'hui même, est déshonorée ; la vertu des femmes est fragile... » Après ce peu de mots, il le repoussa violemment entre les bras des domestiques chargés de le surveiller, et qui, dès qu'ils se furent aperçus de son évasion, étaient accourus à sa poursuite.

Aubrey n'était plus en état de soutenir le poids de son propre corps, et, par un effort extraordinaire pour exhaler son désespoir forcené, il se rompit un vaisseau dans la gorge, et, baigné dans son sang, fut transporté au lit.

On laissa ignorer tout ce qui venait de se passer à sa sœur, qui malheureusement était hors du salon quand il y était entré. La cérémonie fut célébrée, et les deux époux quittèrent tout de suite Londres.

L'état de faiblesse d'Aubrey alla en s'accroissant rapidement ; et la vaste quantité de sang qu'il avait perdu ne produisit que trop tôt des indices d'une prompte dissolution. Il fit donc appeler ses tuteurs, et la rage qui l'avait presque suffoqué s'étant un peu apaisée, dès que minuit sonna, il raconta avec calme ce que le lecteur vient de lire, et expira immédiatement après ce récit.

Ses tuteurs se hâtèrent de voler au secours de Miss Aubrey, mais il était trop tard : Lord Ruthwen avait disparu, et le sang de son infortunée compagne avait assouvi la soif d'un vampire.

1819

Titre original :
The Vampyre

Traduit de l'anglais
par Henri Faber

Théophile GAUTIER

LA MORTE AMOUREUSE

Vous me demandez, frère, si j'ai aimé ; oui. C'est une histoire singulière et terrible, et, quoique j'aie soixante-six ans, j'ose à peine remuer la cendre de ce souvenir. Je ne veux rien vous refuser, mais je ne ferais pas à une âme moins éprouvée un pareil récit. Ce sont des événements si étranges, que je ne puis croire qu'ils me soient arrivés. J'ai été pendant plus de trois ans le jouet d'une illusion singulière et diabolique. Moi, pauvre prêtre de campagne, j'ai mené en rêve toutes les nuits (Dieu veuille que ce soit un rêve!) une vie de damné, une vie de mondain et de Sardanapale. Un seul regard trop plein de complaisance jeté sur une femme pensa causer la perte de mon âme ; mais enfin, avec l'aide de Dieu et de mon saint patron, je suis parvenu à chasser l'esprit malin qui s'était emparé de moi. Mon existence s'était compliquée d'une existence nocturne entièrement différente. Le jour, j'étais un prêtre du Seigneur, chaste, occupé de la prière et des choses saintes ; la nuit, dès que j'avais fermé les yeux, je devenais un jeune seigneur, fin connaisseur en femmes, en chiens et en chevaux, jouant aux dés, buvant et blasphémant ; et lorsqu'au lever de l'aube je me réveillais, il me semblait au contraire que je m'endormais et que je rêvais que j'étais prêtre. De cette vie somnambulique il m'est resté des souvenirs d'objets et de mots dont je ne puis pas me défendre, et, quoique je ne sois jamais sorti des murs de mon presbytère, on dirait plutôt, à m'entendre, un homme ayant usé de tout et revenu du monde, qui est entré en religion et qui veut finir dans le sein de Dieu des jours trop agités, qu'un humble séminariste qui a veillé dans une cure ignorée, au fond d'un bois et sans aucun rapport avec les choses du siècle.

Oui, j'ai aimé comme personne au monde n'a aimé, d'un amour insensé et furieux, si violent que je suis étonné qu'il n'ait pas fait éclater mon cœur. Ah! quelles nuits! quelles nuits!

Dès ma plus tendre enfance, je m'étais senti de la vocation

pour l'état de prêtre ; aussi toutes mes études furent-elles dirigées dans ce sens-là, et ma vie, jusqu'à vingt-quatre ans, ne fut-elle qu'un long noviciat. Ma théologie achevée, je passai successivement par tous les petits ordres, et mes supérieurs me jugèrent digne, malgré ma grande jeunesse, de franchir le dernier et redoutable degré. Le jour de mon ordination fut fixé à la semaine de Pâques.

Je n'avais jamais été dans le monde ; le monde, c'était pour moi l'enclos du collège et du séminaire. Je savais vaguement qu'il y avait quelque chose que l'on appelait femme, mais n'y arrêtais pas ma pensée ; j'étais d'une innocence parfaite. Je ne voyais ma mère vieille et infirme que deux fois l'an. C'étaient là toutes mes relations avec le dehors.

Je ne regrettais rien, je n'éprouvais pas la moindre hésitation devant cet engagement irrévocable ; j'étais plein de joie et d'impatience. Jamais jeune fiancé n'a compté les heures avec une ardeur plus fiévreuse ; je n'en dormais pas, je rêvais que je disais la messe ; être prêtre, je ne voyais rien de plus beau au monde ; j'aurais refusé d'être roi ou poète. Mon ambition ne concevait pas au-delà.

Ce que je dis là est pour vous montrer combien ce qui m'est arrivé ne devait pas m'arriver, et de quelle fascination inexplicable j'ai été la victime.

Le grand jour venu, je marchai à l'église d'un pas si léger, qu'il me semblait que je fusse soutenu en l'air ou que j'eusse des ailes aux épaules. Je me croyais un ange, et je m'étonnais de la physionomie sombre et préoccupée de mes compagnons ; car nous étions plusieurs. J'avais passé la nuit en prières, et j'étais dans un état qui touchait presque à l'extase. L'évêque, vieillard vénérable, me paraissait Dieu le Père penché sur son éternité, et je voyais le ciel à travers les voûtes du temple.

Vous savez les détails de cette cérémonie : la bénédiction, la communion sous les deux espèces, l'onction de la paume des mains avec l'huile des catéchumènes, et enfin le saint sacrifice offert de concert avec l'évêque. Je ne m'appesantirai pas sur cela. Oh ! que Job a raison, et que celui-là est imprudent qui ne conclut pas un pacte avec ses yeux ! Je levai par hasard ma tête, que j'avais jusque-là tenue inclinée, et j'aperçus devant moi, si près que j'aurais pu la toucher, quoique en réalité elle fût à une assez grande distance et de l'autre côté de la balustrade, une jeune femme d'une beauté rare et vêtue avec une magnificence royale. Ce fut comme si des écailles me tombaient des prunelles. J'éprouvai la sensation d'un aveugle qui recouvrerait subitement la vue. L'évêque, si rayonnant tout à l'heure, s'éteignit tout à coup, les cierges pâlirent sur leurs chandeliers d'or comme les étoiles au matin, et il se fit par toute l'église une complète obscurité. La charmante créature se détachait sur ce fond d'ombre comme une révélation angélique ; elle semblait éclairée d'elle-même et donner le jour plutôt que le recevoir.

Je baissai la paupière, bien résolu à ne plus la relever pour me soustraire à l'influence des objets extérieurs ; car la distraction m'envahissait de plus en plus, et je savais à peine ce que je faisais.

Une minute après, je rouvris les yeux, car à travers mes cils je la voyais étincelante des couleurs du prisme, et dans une pénombre pourprée comme lorsqu'on regarde le soleil.

Oh ! comme elle était belle ! Les plus grands peintres, lorsque, poursuivant dans le ciel la beauté idéale, ils ont rapporté sur la terre le divin portrait de la Madone, n'approchent même pas de cette fabuleuse réalité. Ni les vers du poète ni la palette du peintre n'en peuvent donner une idée. Elle était assez grande, avec une taille et un port de déesse ; ses cheveux, d'un blond doux, se séparaient sur le haut de sa tête et coulaient sur ses tempes comme deux fleuves d'or ; on aurait dit une reine avec son diadème ; son front, d'une blancheur bleuâtre et transparente, s'étendait large et serein sur les arcs de deux cils presque bruns, singularité qui ajoutait encore à l'effet de prunelles vert de mer d'une vivacité et d'un éclat insoutenables. Quels yeux ! avec un éclair ils décidaient de la destinée d'un homme ; ils avaient une vie, une limpidité, une ardeur, une humidité brillante que je n'ai jamais vues à un œil humain ; il s'en échappait des rayons pareils à des flèches et que je voyais distinctement aboutir à mon cœur. Je ne sais si la flamme qui les illuminait venait du ciel ou de l'enfer, mais à coup sûr elle venait de l'un ou de l'autre. Cette femme était un ange ou un démon, et peut-être tous les deux ; elle ne sortait certainement pas du flanc d'Ève, la mère commune. Des dents de la plus belle eau scintillaient dans son rouge sourire, et de petites fossettes se creusaient à chaque inflexion de sa bouche dans le satin rose de ses adorables joues. Pour son nez, il était d'une finesse et d'une fierté toute royale, et décelait la plus noble origine. Des luisants d'agate jouaient sur la peau unie et lustrée de ses épaules à demi découvertes, et des rangs de grosses perles blondes, d'un ton presque semblable à son cou, lui descendaient sur la poitrine. De temps en temps elle redressait sa tête avec un mouvement onduleux de couleuvre ou de paon qui se rengorge, et imprimait un léger frisson à la haute fraise brodée à jour qui l'entourait comme un treillis d'argent.

Elle portait une robe de velours nacarat, et de ses larges manches doublées d'hermine sortaient des mains patriciennes d'une délicatesse infinie, aux doigts longs et potelés, et d'une si idéale transparence qu'ils laissaient passer le jour comme ceux de l'aurore.

Tous ces détails me sont encore aussi présents que s'ils dataient d'hier, et, quoique je fusse dans un trouble extrême, rien ne m'échappait : la plus légère nuance, le petit point noir au coin du menton, l'imperceptible duvet aux commissures des lèvres, le velouté du front, l'ombre tremblante des cils sur les joues, je saisissais tout avec une lucidité étonnante.

A mesure que je la regardais, je sentais s'ouvrir dans moi des portes qui jusqu'alors avaient été fermées ; des soupiraux obstrués se débouchaient dans tous les sens et laissaient entrevoir des perspectives inconnues ; la vie m'apparaissait sous un aspect tout autre ; je venais de naître à un nouvel ordre d'idées. Une angoisse effroyable me tenaillait le cœur ; chaque minute qui s'écoulait me semblait une seconde et un siècle. La cérémonie avançait cependant, et j'étais emporté bien loin du monde dont mes désirs naissants assiégeaient furieusement l'entrée. Je dis oui cependant lorsque je voulais dire non, lorsque tout en moi se révoltait et protestait contre la violence que ma langue faisait à mon âme ; une force occulte m'arrachait malgré moi les mots du gosier. C'est là peut-être ce qui fait que tant de jeunes filles marchent à l'autel avec la ferme résolution de refuser d'une manière éclatante l'époux qu'on leur impose, et que pas une seule n'exécute son projet. C'est là sans doute ce qui fait que tant de pauvres novices prennent le voile, quoique bien décidées à le déchirer en pièces au moment de prononcer leurs vœux. On n'ose causer un tel scandale devant tout le monde ni tromper l'attente de tant de personnes ; toutes ces volontés, tous ces regards semblent peser sur vous comme une chape de plomb ; et puis les mesures sont si bien prises, tout est si bien réglé à l'avance, d'une façon si évidemment irrévocable, que la pensée cède au poids de la chose et s'affaisse complètement.

Le regard de la belle inconnue changeait d'expression selon le progrès de la cérémonie. De tendre et caressant qu'il était d'abord il prit un air de dédain et de mécontentement comme de ne pas avoir été compris.

Je fis un effort suffisant pour arracher une montagne, pour

m'écrier que je ne voulais pas être prêtre ; mais je ne pus en venir à bout ; ma langue resta clouée à mon palais, et il me fut impossible de traduire ma volonté par le plus léger mouvement négatif. J'étais, tout éveillé, dans un état pareil à celui du cauchemar, où l'on veut crier un mot dont votre vie dépend, sans en pouvoir venir à bout.

Elle parut sensible au martyre que j'éprouvais, et, comme pour m'encourager, elle me lança une œillade pleine de divines promesses. Ses yeux étaient un poème dont chaque regard formait un chant.

Elle me disait :

« Si tu veux être à moi, je te ferai plus heureux que Dieu lui-même dans son paradis ; les anges te jalouseront. Déchire ce funèbre linceul où tu vas t'envelopper ; je suis la beauté, je suis la jeunesse, je suis la vie ; viens à moi, nous serons l'amour. Que pourrait t'offrir Jéhovah pour compensation ? Notre existence coulera comme un rêve et ne sera qu'un baiser éternel.

« Répands le vin de ce calice, et tu es libre. Je t'emmènerai vers les îles inconnues ; tu dormiras sur mon sein, dans un lit d'or massif et sous un pavillon d'argent ; car je t'aime et je veux te prendre à ton Dieu, devant qui tant de nobles cœurs répandent des flots d'amour qui n'arrivent pas jusqu'à lui. »

Il me semblait entendre ces paroles sur un rythme d'une douceur infinie, car son regard avait presque de la sonorité, et les phrases que ses yeux m'envoyaient retentissaient au fond de mon cœur comme si une bouche invisible les eût soufflées dans mon âme. Je me sentais prêt à renoncer à Dieu, et cependant mon cœur accomplissait machinalement les formalités de la cérémonie. La belle me jeta un second coup d'œil si suppliant, si désespéré, que des lames acérées me traversèrent le cœur, que je me sentis plus de glaives dans la poitrine que la mère de douleurs.

C'en était fait, j'étais prêtre.

Jamais physionomie humaine ne peignit une angoisse aussi poignante ; la jeune fille qui voit tomber son fiancé mort subitement à côté d'elle, la mère auprès du berceau vide de son enfant, Ève assise sur le seuil de la porte du paradis, l'avare qui trouve une pierre à la place de son trésor, le poète qui a laissé rouler dans le feu le manuscrit unique de son plus bel ouvrage, n'ont point un air plus atterré et plus inconsolable. Le sang abandonna complètement sa charmante figure, et elle devint d'une blancheur de marbre ; ses beaux bras tombèrent le long de son corps comme si les muscles en avaient été dénoués, et elle s'appuya contre un pilier, car ses jambes fléchissaient et se dérobaient sous elle. Pour moi, livide, le front inondé d'une sueur plus sanglante que celle du Calvaire, je me dirigeai en chancelant vers la porte de l'église; j'étouffais; les voûtes s'aplatissaient sur mes épaules, et il me semblait que ma tête soutenait seule tout le poids de la coupole.

Comme j'allais franchir le seuil, une main s'empara brusquement de la mienne; une main de femme! Je n'en avais jamais touché. Elle était froide comme la peau d'un serpent, et l'empreinte m'en resta brûlante comme la marque d'un fer rouge. C'était elle. « Malheureux! malheureux! qu'as-tu fait? » me dit-elle à voix basse; puis elle disparut dans la foule.

Le vieil évêque passa; il me regarda d'un air sévère. Je faisais la plus étrange contenance du monde; je pâlissais, je rougissais, j'avais des éblouissements. Un de mes camarades eut pitié de moi, il me prit et m'emmena; j'aurais été incapable de retrouver tout seul le chemin du séminaire. Au détour d'une rue, pendant que le jeune prêtre tournait la tête d'un autre côté, un page nègre, bizarrement vêtu, s'approcha de moi, et me remit, sans s'arrêter dans sa course, un petit portefeuille à coins d'or ciselés, en me faisant signe de le cacher; je le fis glisser dans ma manche et l'y tins jusqu'à ce que je fusse seul dans ma cellule. Je fis sauter le fermoir, il n'y avait que deux feuilles avec ces mots : « Clarimonde, au palais Concini. » J'étais alors si peu au courant des choses de la vie, que je ne connaissais pas Clarimonde, malgré sa célébrité, et que j'ignorais complètement où était situé le palais Concini. Je fis mille conjectures, plus extravagantes les unes que les autres; mais à la vérité, pourvu que je pusse la revoir, j'étais fort peu inquiet de ce qu'elle pouvait être, grande dame ou courtisane.

Cet amour né tout à l'heure s'était indestructiblement enraciné; je ne songeai même pas à essayer de l'arracher, tant je sentais que c'était là chose impossible. Cette femme s'était complètement emparée de moi, un seul regard avait suffi pour me changer; elle m'avait soufflé sa volonté; je ne vivais plus dans moi, mais dans elle et par elle. Je faisais mille extravagances, je baisais sur ma main la place qu'elle avait touchée, et je répétais son nom des heures entières. Je n'avais qu'à fermer les yeux pour la voir aussi distinctement que si elle eût été présente en réalité, et je me redisais ces mots, qu'elle m'avait dits sous le portail de l'église : « Malheureux! malheureux! qu'as-tu fait? » Je comprenais toute l'horreur de ma situation, et les côtés funèbres et terribles de l'état que je venais d'embrasser se révélaient clairement à moi. Être prêtre! c'est-à-dire chaste, ne pas aimer, ne distinguer ni le sexe ni l'âge, se détourner de toute beauté, se crever les yeux, ramper sous l'ombre glaciale d'un cloître ou d'une église, ne voir que des mourants, veiller auprès de cadavres inconnus et porter soi-même son deuil sur sa soutane noire, de sorte que l'on peut faire de votre habit un drap pour votre cercueil!

Et je sentais la vie monter en moi comme un lac intérieur qui s'enfle et qui déborde; mon sang battait avec force dans mes artères; ma jeunesse, si longtemps comprimée, éclatait tout d'un coup comme l'aloès qui met cent ans à fleurir et qui éclot avec un coup de tonnerre.

Comment faire pour revoir Clarimonde? Je n'avais aucun prétexte pour sortir du séminaire, ne connaissant personne dans la ville; je n'y devais même pas rester, et j'y attendais seulement que l'on me désignât la cure que je devais occuper. J'essayai de desceller les barreaux de la fenêtre; mais elle était à une hauteur effrayante, et n'ayant pas d'échelle il n'y fallait pas penser. Et d'ailleurs, je ne pouvais descendre que de nuit; et comment me serais-je conduit dans l'inextricable dédale des rues? Toutes ces difficultés, qui n'eussent rien été pour d'autres, étaient immenses pour moi, pauvre séminariste, amoureux d'hier, sans expérience, sans argent et sans habits.

Ah! si je n'eusse pas été prêtre, j'aurais pu la voir tous les jours; j'aurais été son amant, son époux, me disais-je dans mon aveuglement; au lieu d'être enveloppé dans mon triste suaire, j'aurais des habits de soie et de velours, des chaînes d'or, une épée et des plumes comme les beaux jeunes cavaliers. Mes cheveux, au lieu d'être déshonorés par une large tonsure, se joueraient autour de mon cou en boucles ondoyantes. J'aurais une belle moustache cirée, je serais un vaillant. Mais une heure passée devant un autel, quelques paroles à peine articulées, me retranchaient à tout jamais du nombre des vivants, et j'avais scellé moi-même la pierre de mon tombeau, j'avais poussé de ma main le verrou de ma prison!

Je me mis à la fenêtre. Le ciel était admirablement bleu, les arbres avaient mis leur robe de printemps; la nature faisait parade d'une joie ironique. La place était pleine de monde; les uns allaient, les autres venaient; de jeunes muguets et de jeunes beautés, couple par couple, se dirigeaient du côté du jardin et des tonnelles. Des compagnons passaient en chantant des refrains à boire; c'étaient un mouvement, une vie, un entrain, une gaieté qui faisaient péniblement ressortir mon deuil et ma solitude. Une jeune mère, sur le pas de la porte, jouait avec son enfant; elle baisait sa petite bouche rose, encore emperlée de gouttes de lait, et lui faisait, en l'agaçant, mille de ces divines puérilités que les mères seules savent trouver. Le père, qui se tenait debout à quelque distance, souriait doucement à ce charmant groupe, et ses bras croisés pressaient sa joie sur son cœur. Je ne pus supporter ce spectacle; je fermai la fenêtre, et je me jetai sur mon lit avec une haine et une jalousie effroyables dans le cœur, mordant mes doigts et ma couverture comme un tigre à jeun depuis trois jours.

Je ne sais pas combien de jours je restai ainsi; mais, en me retournant dans un mouvement de spasme furieux, j'aperçus l'abbé Sérapion qui se tenait debout au milieu de la chambre et qui me considérait attentivement. J'eus honte de moi-même, et, laissant tomber ma tête sur ma poitrine, je voilai mes yeux avec mes mains.

« Romuald, mon ami, il se passe quelque chose d'extraordinaire en vous, me dit Sérapion au bout de quelques minutes de silence; votre conduite est vraiment inexplicable! Vous, si pieux, si calme et si doux, vous vous agitez dans votre cellule comme une bête fauve. Prenez garde, mon frère, et n'écoutez pas les suggestions du diable; l'esprit malin, irrité de ce que vous vous êtes à tout jamais consacré au Seigneur, rôde autour de vous comme un loup ravissant et fait un dernier effort pour vous attirer à lui. Au lieu de vous laisser abattre, mon cher Romuald, faites-vous une cuirasse de prières, un bouclier de mortifications, et combattez vaillamment l'ennemi; vous le vaincrez. L'épreuve est nécessaire à la vertu et l'or sort plus fin de la coupelle. Ne vous effrayez ni ne vous découragez; les âmes les mieux gardées et les plus affermies ont eu de ces moments. Priez, jeûnez, méditez, et le mauvais esprit se retirera. »

Le discours de l'abbé Sérapion me fit rentrer en moi-même, et je devins un peu plus calme. « Je venais vous annoncer votre nomination à la cure de C***; le prêtre qui la possédait vient de mourir, et monseigneur l'évêque m'a chargé d'aller vous y installer; soyez prêt pour demain. » Je répondis d'un signe de tête que je le serais, et l'abbé se retira. J'ouvris mon missel, et je commençai à lire des prières; mais ces lignes se confondirent bientôt sous mes yeux; le fil des idées s'enchevêtra dans mon cerveau, et le volume me glissa des mains sans que j'y prisse garde.

Partir demain sans l'avoir revue! ajouter encore une impossibilité à toutes celles qui étaient déjà entre nous ! perdre à tout jamais l'espérance de la rencontrer, à moins d'un miracle ! Lui écrire ? par qui ferais-je parvenir ma lettre ? Avec le sacré caractère dont j'étais revêtu, à qui s'ouvrir, se fier ? J'éprouvais une anxiété terrible. Puis, ce que l'abbé Sérapion m'avait dit des artifices du diable me revenait en mémoire ; l'étrangeté de l'aventure, la beauté surnaturelle de Clarimonde, l'éclat phosphorique de ses yeux, l'impression brûlante de sa main, le trouble où elle m'avait jeté, le changement subit qui s'était opéré en moi, ma piété évanouie en un instant, tout cela prouvait clairement la présence du diable, et cette main satinée n'était peut-être que le gant dont il avait recouvert sa griffe. Ces idées me jetèrent dans une grande frayeur, et je ramassai le missel qui de mes genoux était roulé à terre, et je me remis en prières.

Le lendemain Sérapion me vint prendre ; deux mules nous attendaient à la porte, chargées de nos maigres valises ; il monta l'une et moi l'autre tant bien que mal. Tout en parcourant les rues de la ville, je regardais à toutes les fenêtres et à tous les balcons si je ne verrais pas Clarimonde ; mais il était trop matin, et la ville n'avait pas encore ouvert les yeux. Mon regard tâchait de plonger derrière les stores et à travers les rideaux de tous les palais devant lesquels nous passions. Sérapion attribuait sans doute cette curiosité à l'admiration que me causait la beauté de l'architecture, car il ralentissait le pas de sa monture pour me donner le temps de voir. Enfin nous arrivâmes à la porte de la ville et nous commençâmes à gravir la colline. Quand je fus tout en haut, je me retournai pour regarder une fois encore les lieux où vivait Clarimonde. L'ombre d'un nuage couvrait entièrement la ville ; ses toits bleus et rouges étaient confondus dans une demi-teinte générale, où surnageaient çà et là, comme de blancs flocons d'écume, les fumées du matin. Par un singulier effet d'optique, se dessinait, blond et doré sous un rayon unique de lumière, un édifice qui surpassait en hauteur les constructions voisines, complètement noyées dans la vapeur ; quoiqu'il fût à plus d'une lieue, il paraissait tout proche. On en distinguait les moindres détails ; les tourelles, les plates-formes, les croisées, et jusqu'aux girouettes en queue-d'aronde.

« Quel est donc ce palais que je vois tout là-bas éclairé d'un rayon de soleil ? » demandai-je à Sérapion. Il mit sa main au-dessus de ses yeux, et, ayant regardé, il me répondit : « C'est l'ancien palais que le prince Concini a donné à la courtisane Clarimonde ; il s'y passe d'épouvantables choses. »

En ce moment, je ne sais encore si c'est une réalité ou une illusion, je crus voir y glisser sur la terrasse une forme svelte et blanche qui étincela une seconde et s'éteignit. C'était Clarimonde !

Oh ! savait-elle qu'à cette heure, du haut de cet âpre chemin qui m'éloignait d'elle, et que je ne devais plus redescendre, ardent et inquiet, je couvais de l'œil le palais qu'elle habitait, et qu'un jeu dérisoire de lumière semblait rapprocher de moi, comme pour m'inviter à y entrer en maître ? Sans doute, elle le savait, car son âme était trop sympathiquement liée à la mienne pour n'en point ressentir les moindres ébranlements, et c'était ce sentiment qui l'avait poussée, encore enveloppée de ses voiles de nuit, à monter sur le haut de la terrasse, dans la glaciale rosée du matin.

L'ombre gagna le palais, et ce ne fut plus qu'un océan immobile de toits et de combles où l'on ne distinguait rien qu'une ondulation montueuse. Sérapion toucha sa mule, dont la mienne prit aussitôt l'allure, et un coude du chemin me déroba pour toujours la ville de S..., car je n'y devais pas revenir. Au bout de trois journées de route par des campagnes assez tristes, nous vîmes poindre à travers les arbres le coq du clocher de l'église que je devais desservir ; et, après avoir suivi quelques rues tortueuses bordées de chaumières et de courtils, nous nous trouvâmes devant la façade, qui n'était pas d'une grande magnificence. Un porche orné de quelques nervures et de deux ou trois piliers de grès grossièrement taillés, un toit en tuiles et des contreforts du même grès que les piliers, c'était tout : à gauche le cimetière tout plein de hautes herbes, avec une grande croix de fer au milieu ; à droite et dans l'ombre de l'église, le presbytère. C'était une maison d'une simplicité extrême et d'une propreté aride. Nous entrâmes ; quelques poules picotaient sur la terre de rares grains d'avoine ; accoutumées apparemment à l'habit noir des ecclésiastiques, elles ne s'effarouchèrent point de notre présence et se dérangèrent à peine pour nous laisser passer. Un aboi éraillé et enroué se fit entendre, et nous vîmes accourir un vieux chien.

C'était le chien de mon prédécesseur. Il avait l'œil terne, le poil gris et tous les symptômes de la plus haute vieillesse où puisse atteindre un chien. Je le flattai doucement de la main, et il se mit aussitôt à marcher à côté de moi avec un air de satisfaction inexprimable. Une femme assez âgée, et qui avait été la gouvernante de l'ancien curé, vint aussi à notre rencontre, et, après m'avoir fait entrer dans une salle basse, me demanda si mon intention était de la garder. Je lui répondis que je la garderais, elle et le chien, et aussi les poules, et tout le mobilier que son maître lui avait laissé à sa mort ; ce qui la fit entrer dans un transport de joie, l'abbé Sérapion lui ayant donné sur-le-champ le prix qu'elle en voulait.

Mon installation faite, l'abbé Sérapion retourna au séminaire. Je demeurai donc seul et sans autre appui que moi-même. La pensée de Clarimonde recommença à m'obséder, et, quelques efforts que je fisse pour la chasser, je n'y parvenais pas toujours. Un soir, en me promenant dans les allées bordées de buis de mon petit jardin, il me sembla voir à travers la charmille une forme de femme qui suivait tous mes mouvements, et entre les feuilles étinceler les deux prunelles vert de mer ; mais ce n'était qu'une illusion, et, ayant passé de l'autre côté de l'allée, je n'y trouvai rien qu'une trace de pied sur le sable, si petit qu'on eût dit un pied d'enfant. Le jardin était entouré de murailles très hautes ; j'en visitai tous les coins et recoins, il n'y avait personne. Je n'ai jamais pu m'expliquer cette circonstance qui, du reste, n'était rien à côté des étranges choses qui me devaient arriver. Je vivais ainsi depuis un an, remplissant avec exactitude tous les devoirs de mon état, priant, jeûnant, exhortant et secourant les malades, faisant l'aumône jusqu'à me retrancher les nécessités les plus indispensables. Mais je sentais au-dedans de moi une aridité extrême, et les sources de la grâce m'étaient fermées. Je ne jouissais pas de ce bonheur que donne l'accomplissement d'une sainte mission ; mon idée était ailleurs, et les paroles de Clarimonde me revenaient souvent sur les lèvres comme une espèce de refrain involontaire. Ô frère, méditez bien ceci ! Pour avoir levé une seule fois le regard sur une femme, pour une faute en apparence si légère, j'ai éprouvé pendant plusieurs années les plus misérables agitations ; ma vie a été troublée à tout jamais.

Je ne vous retiendrai pas plus longtemps sur ces défaites et sur ces victoires intérieures toujours suivies de rechutes plus profondes, et je passerai sur-le-champ à une circonstance décisive. Une nuit l'on sonna violemment à ma porte. La vieille gouvernante vint ouvrir, et un homme au teint cuivré et richement vêtu, mais selon une mode étrangère, avec un long poignard, se dessina sous les rayons de la lanterne de Barbara. Son premier mouvement fut la frayeur ; mais l'homme la rassura, et lui dit qu'il avait besoin de me voir sur-le-champ pour quelque chose qui concernait mon ministère. Barbara le fit monter. J'allais me mettre au lit. L'homme me dit que sa maîtresse, une très grande dame, était à l'article de la mort et désirait un prêtre. Je répondis que j'étais prêt à le suivre ; je pris avec moi ce qu'il fallait pour l'extrême-onction et je descendis en toute hâte. A la porte piaffaient d'impatience deux chevaux noirs comme la nuit, et soufflant sur leur poitrail deux longs flots de fumée. Il me tint l'étrier et m'aida à monter sur l'un, puis il sauta sur l'autre en appuyant seulement une main sur le pommeau de la selle. Il serra les genoux et lâcha les guides à son cheval qui partit comme la flèche. Le mien, dont il tenait la bride, prit aussi le galop et se maintint dans une égalité parfaite. Nous dévorions le chemin ; la terre filait sous nous grise et rayée, et les silhouettes noires des arbres s'enfuyaient comme une armée en déroute. Nous traversâmes une forêt d'un sombre si opaque et si glacial, que je me sentis courir sur la peau un frisson de superstitieuse terreur. Les aigrettes d'étincelles que les fers de nos chevaux arrachaient aux cailloux laissaient sur notre passage comme une traînée de feu, et si quelqu'un, à cette heure de nuit, nous eût vus, mon conducteur et moi, il nous eût pris pour deux spectres à cheval sur le cauchemar. Des feux follets traversaient de temps en temps le chemin, et les choucas piaulaient piteusement dans l'épaisseur du bois où brillaient de loin en loin les yeux phosphoriques de quelques chats sauvages. La crinière des chevaux s'échevelait de plus en plus, la sueur ruisselait sur leurs flancs, et leur haleine sortait bruyante et pressée de leurs narines. Mais, quand il les voyait faiblir, l'écuyer pour les ranimer poussait un cri guttural qui n'avait rien d'humain, et la course recommençait avec furie. Enfin le tourbillon s'arrêta ; une masse noire piquée de quelques points brillants se dressa subitement devant nous ; les pas de nos montures sonnèrent plus bruyants sur un plancher ferré, et nous entrâmes sous une voûte qui ouvrait sa gueule sombre entre deux énormes tours. Une grande agitation régnait dans le château ; des domestiques avec des torches à la main traversaient les cours en tous sens, et des lumières montaient et descendaient de palier en palier. J'entrevis confusément d'immenses architectures, des colonnes, des arcades, des perrons et des rampes, un luxe de construction tout à fait royal et féerique. Un page nègre, le même qui m'avait donné les tablettes de Clarimonde et que je reconnus à l'instant, me vint aider à descendre, et un majordome, vêtu de velours noir avec une chaîne d'or au col et une canne d'ivoire à la main, s'avança au-devant de moi. De grosses larmes débordaient de ses yeux et coulaient le long de ses joues sur sa barbe blanche. « Trop tard ! fit-il en hochant la tête, trop tard ! seigneur prêtre ; mais, si vous n'avez pu sauver l'âme, venez veiller le pauvre corps. » Il me prit par le bras et me conduisit à la salle funèbre ; je pleurais aussi fort que lui, car j'avais compris que la morte n'était autre que cette Clarimonde tant et si follement aimée. Un prie-Dieu était disposé à côté du lit ; une flamme bleuâtre voltigeant sur une patère de bronze jetait par toute la chambre un jour faible et douteux, et çà et là faisait papilloter dans l'ombre quelque arête saillante de meuble ou de corniche. Sur la table, dans une urne ciselée, trempait une rose blanche fanée dont les feuilles, à l'exception d'une seule qui tenait encore, étaient toutes tombées au pied du vase comme des larmes odorantes ; un masque noir brisé, un éventail, des déguisements de toute espèce, traînaient sur les fauteuils et faisaient voir que la mort était arrivée dans cette somptueuse demeure à l'improviste et sans se faire annoncer. Je m'agenouillai sans oser jeter les yeux sur le lit, et je me mis à réciter les psaumes avec une grande ferveur, remerciant Dieu qu'il eût mis la tombe entre l'idée de cette femme et moi, pour que je pusse ajouter à mes prières son nom désormais sanctifié. Mais peu à peu cet élan se ralentit, et je tombai en rêverie. Cette chambre n'avait rien d'une chambre de mort. Au lieu de l'air fétide et cadavéreux que j'étais accoutumé à respirer en ces veilles funèbres, une langoureuse fumée d'essences orientales, je ne sais quelle amoureuse odeur de femme, nageait doucement dans l'air attiédi. Cette pâle lueur avait plutôt l'air d'un demi-jour ménagé pour la volupté que de la veilleuse au reflet jaune qui tremblote près des cadavres. Je songeais au singulier hasard qui m'avait fait retrouver Clarimonde au moment où je la perdais pour toujours, et un soupir de regret s'échappa de ma poitrine. Il me sembla qu'on avait soupiré aussi derrière moi, et je me retournai involontairement. C'était l'écho. Dans ce mouvement mes yeux tombèrent sur le lit de parade qu'ils avaient jusqu'alors évité. Les rideaux de damas rouge à grandes fleurs, relevés par des torsades d'or, laissaient voir la morte couchée tout de son long et les mains jointes sur la poitrine. Elle était couverte d'un voile de lin d'une blancheur éblouissante, que le pourpre sombre de la tenture faisait encore mieux ressortir, et d'une telle finesse qu'il ne dérobait en rien la forme charmante de son corps et permettait de suivre ces belles lignes onduleuses comme le cou d'un cygne que la mort même n'avait pu roidir. On eût dit une statue d'albâtre faite par quelque sculpteur habile pour mettre sur un tombeau de reine, ou encore une jeune fille endormie sur qui il aurait neigé.

Je ne pouvais plus y tenir; cet air d'alcôve m'enivrait, cette fébrile senteur de rose à demi fanée me montait au cerveau, et je marchais à grands pas dans la chambre, m'arrêtant à chaque tour devant l'estrade pour considérer la gracieuse trépassée sous la transparence de son linceul. D'étranges pensées me traversaient l'esprit; je me figurais qu'elle n'était point morte réellement, et que ce n'était qu'une feinte qu'elle avait employée pour m'attirer dans son château et me conter son amour. Un instant même je crus avoir vu bouger son pied dans la blancheur des voiles, et se déranger les plis droits du suaire.

Et puis je me disais : « Est-ce bien Clarimonde ? quelle preuve en ai-je ? Ce page noir ne peut-il être passé au service d'une autre femme ? Je suis bien fou de me désoler et de m'agiter ainsi. » Mais mon cœur me répondit avec un battement : « C'est bien elle, c'est bien elle. » Je me rapprochai du lit, et je regardai avec un redoublement d'attention l'objet de mon incertitude. Vous l'avouerai-je ? cette perfection de formes, quoique purifiée et sanctifiée par l'ombre de la mort, me troublait plus voluptueusement qu'il n'aurait fallu, et ce repos ressemblait tant à un sommeil que l'on s'y serait trompé. J'oubliais que j'étais venu là pour un office funèbre, et je m'imaginais que j'étais un jeune époux entrant dans la chambre de la fiancée qui cache sa figure par pudeur et qui ne se veut point laisser voir. Navré de douleur, éperdu de joie, frissonnant de crainte et de plaisir, je me penchai vers elle et je pris le coin du drap; je le soulevai lentement en retenant mon souffle de peur de l'éveiller. Mes artères palpitaient avec une telle force, que je les sentais siffler dans mes tempes, et mon front ruisselait de sueur comme si j'eusse remué une dalle de marbre. C'était en effet la Clarimonde telle que je l'avais vue à l'église lors de mon ordination, elle était aussi charmante, et la mort chez elle semblait une coquetterie de plus. La pâleur de ses joues, le rose moins vif de ses lèvres, ses longs cils baissés et découpant leur frange brune sur cette blancheur, lui donnaient une expression de chasteté mélancolique et de souffrance pensive d'une puissance de séduction inexprimable; ses longs cheveux dénoués, où se trouvaient encore mêlées quelques petites fleurs bleues, faisaient un oreiller à sa tête et protégeaient de leurs boucles la nudité de ses épaules; ses belles mains, plus pures, plus diaphanes que des hosties, étaient croisées dans une attitude de pieux repos et de tacite prière, qui corrigeait ce qu'auraient pu avoir de trop séduisant, même dans la mort, l'exquise rondeur et le poli d'ivoire de ses bras nus dont on n'avait pas ôté les bracelets de perles. Je restai longtemps absorbé dans une muette contemplation, et, plus je la regardais, moins je pouvais croire que la vie avait pour toujours abandonné ce beau corps. Je ne sais si cela était une illusion ou un reflet de la lampe, mais on eût dit que le sang recommençait à circuler sous cette mate pâleur; cependant elle était toujours de la plus parfaite immobilité. Je touchai légèrement son bras; il était froid, mais pas plus froid pourtant que sa main le jour qu'elle avait effleuré la mienne sous le portail de l'église. Je repris ma position, penchant ma figure sur la sienne et laissant pleuvoir sur ses joues la tiède rosée de mes larmes. Ah! quel sentiment amer de désespoir et d'impuissance! quelle agonie que cette veille! j'aurais voulu pouvoir ramasser ma vie en un morceau pour la lui donner et souffler sur sa dépouille glacée la flamme qui me dévorait. La nuit s'avançait, et, sentant approcher le moment de la séparation éternelle, je ne pus me refuser cette triste et suprême douceur de déposer un baiser sur les lèvres mortes de celle qui avait eu tout mon amour. Ô prodige! un léger souffle se mêla à mon souffle, et la bouche de Clarimonde répondit à la passion de la mienne; ses yeux s'ouvrirent et reprirent un peu d'éclat, elle fit un soupir, et, décroisant ses bras, elle les passa derrière mon cou avec un air de ravissement ineffable. « Ah! c'est toi, Romuald, dit-elle d'une voix languissante et douce comme les dernières vibrations d'une harpe; que fais-tu donc? Je t'ai attendu si longtemps, que je suis morte; mais maintenant nous sommes fiancés, je pourrai te voir et aller chez toi. Adieu Romuald, adieu! je t'aime; c'est tout ce que je voulais te dire, et je te rends la vie que tu as rappelée sur moi une minute avec ton baiser; à bientôt. »

Sa tête retomba en arrière, mais elle m'entourait toujours de ses bras comme pour me retenir. Un tourbillon de vent furieux défonça la fenêtre et entra dans la chambre; la dernière feuille de la rose blanche palpita quelque temps comme une aile au bout de la tige, puis elle se détacha et s'envola par la croisée ouverte, emportant avec elle l'âme de Clarimonde. La lampe s'éteignit, et je tombai évanoui sur le sein de la belle morte.

Quand je revins à moi, j'étais couché sur mon lit, dans ma petite chambre du presbytère, et le vieux chien de l'ancien curé léchait ma main allongée hors de la couverture. Barbara s'agitait dans la chambre avec un tremblement sénile, ouvrant et fermant des tiroirs, ou remuant des poudres dans des verres. En me voyant ouvrir les yeux, la vieille poussa un cri de joie, le chien jappa et frétilla de la queue ; mais j'étais si faible, que je ne pus prononcer une seule parole ni faire aucun mouvement. J'ai su depuis que j'étais resté trois jours ainsi, ne donnant d'autre signe d'existence qu'une respiration presque insensible. Ces trois jours ne comptent pas dans ma vie, et je ne sais où mon esprit était allé pendant tout ce temps ; je n'en ai gardé aucun souvenir. Barbara m'a conté que le même homme au teint cuivré, qui m'était venu chercher pendant la nuit, m'avait ramené le matin dans une litière fermée et s'en était retourné aussitôt. Dès que je pus rappeler mes idées, je repassai en moi-même toutes les circonstances de cette nuit fatale. D'abord je pensai que j'avais été le jouet d'une illusion magique ; mais des circonstances réelles et palpables détruisirent bientôt cette supposition. Je ne pouvais croire que j'avais rêvé, puisque Barbara avait vu comme moi l'homme aux deux chevaux noirs et qu'elle en décrivait l'ajustement et la tournure avec exactitude. Cependant personne ne connaissait dans les environs un château à qui s'appliquât la description du château où j'avais retrouvé Clarimonde.

Un matin je vis entrer l'abbé Sérapion. Barbara lui avait mandé que j'étais malade et il était accouru en toute hâte. Quoique cet empressement démontrât de l'affection et de l'intérêt pour ma personne, sa visite ne me fit pas le plaisir qu'elle m'aurait dû faire. L'abbé Sérapion avait dans le regard quelque chose de pénétrant et d'inquisiteur qui me gênait. Je me sentais embarrassé et coupable devant lui. Le premier il avait découvert mon trouble intérieur, et je lui en voulais de sa clairvoyance.

Tout en me demandant des nouvelles de ma santé d'un ton hypocritement mielleux, il fixait sur moi ses deux prunelles de lion et plongeait comme une sonde ses regards dans mon âme. Puis il me fit quelques questions sur la manière dont je dirigeais ma cure, si je m'y plaisais, à quoi je passais le temps que mon ministère me laissait libre, si j'avais fait quelques connaissances parmi les habitants du lieu, quelles étaient mes lectures favorites, et mille autres détails semblables. Je répondais à tout cela le plus brièvement possible, et lui-même, sans attendre que j'eusse achevé, passait à autre chose. Cette conversation n'avait évidemment aucun rapport avec ce qu'il voulait dire. Puis, sans préparation aucune, et comme une nouvelle dont il se souvenait à l'instant et qu'il eût craint d'oublier ensuite, il me dit d'une voix claire et vibrante qui résonna à mon oreille comme les trompettes du Jugement dernier :

« La grande courtisane Clarimonde est morte dernièrement à la suite d'une orgie qui a duré huit jours et huit nuits. Ç'a été quelque chose d'infernalement splendide. On a renouvelé là les abominations des festins de Balthazar et de Cléopâtre. Dans quel siècle vivons-nous, bon Dieu ! Les convives étaient servis par des esclaves basanés parlant un langage inconnu, et qui m'ont tout l'air de vrais démons ; la livrée du moindre d'entre eux eût pu servir d'habit de gala à un empereur. Il a couru de tout temps sur cette Clarimonde de bien étranges histoires, et tous ses amants ont fini d'une manière misérable ou violente. On a dit que c'était une goule, un vampire femelle ; mais je crois que c'était Belzébuth en personne. »

Il se tut et m'observa plus attentivement que jamais, pour voir l'effet que ses paroles avaient produit sur moi. Je n'avais pu me défendre d'un mouvement en entendant nommer Clarimonde, et cette nouvelle de sa mort, outre la douleur qu'elle me causait par son étrange coïncidence avec la scène nocturne dont j'avais été témoin, me jeta dans un trouble et un effroi qui parurent sur ma figure, quoi que je fisse pour m'en rendre maître. Sérapion me jeta un coup d'œil inquiet et sévère ; puis il me dit : « Mon fils, je dois vous en avertir, vous avez le pied levé sur un abîme ; prenez garde d'y tomber. Satan a la griffe longue, et les tombeaux ne sont pas toujours fidèles. La pierre de Clarimonde devrait être scellée d'un triple sceau ; car ce n'est pas, à ce qu'on dit, la première fois qu'elle est morte. Que Dieu veille sur vous, Romuald ! »

Après avoir dit ces mots, Sérapion regagna la porte à pas lents, et je ne le revis plus ; car il partit pour S*** presque aussitôt.

J'étais entièrement rétabli et j'avais repris mes fonctions habituelles. Le souvenir de Clarimonde et les paroles du vieil abbé étaient toujours présents à mon esprit ; cependant aucun événement extraordinaire n'était venu confirmer les prévisions funèbres de Sérapion, et je commençais à croire que ses craintes et mes terreurs étaient trop exagérées ; mais une nuit je fis un rêve. J'avais à peine bu les premières gorgées du sommeil que j'entendis ouvrir les rideaux de mon lit et glisser les anneaux sur les tringles avec un bruit éclatant ; je me soulevai brusquement sur le coude, et je vis une ombre de femme qui se tenait debout devant moi. Je reconnus sur-le-champ Clarimonde. Elle portait à la main une petite lampe de la forme de celles qu'on met dans les tombeaux, dont la lueur donnait à ses doigts effilés une transparence rose qui se prolongeait par une dégradation insensible jusque dans la blancheur opaque et laiteuse de son bras nu. Elle avait pour tout vêtement le suaire de lin qui la recouvrait sur son lit de parade, dont elle retenait les plis sur sa poitrine, comme honteuse d'être si peu vêtue, mais sa petite main n'y suffisait pas ; elle était si blanche, que la couleur de la draperie se confondait avec celle des chairs sous le pâle rayon de la lampe. Enveloppée de ce fin tissu qui trahissait tous les contours de son corps, elle ressemblait à une statue de marbre de baigneuse antique plutôt qu'à une femme douée de vie. Morte ou vivante, statue ou femme, ombre ou corps, sa beauté était toujours la même ; seulement l'éclat vert de ses prunelles était un peu amorti, et sa bouche, si vermeille autrefois, n'était plus teintée que d'un rose faible et tendre presque semblable à celui de ses joues. Les petites fleurs bleues que j'avais remarquées dans ses cheveux étaient tout à fait sèches et avaient presque perdu toutes leurs feuilles ; ce qui ne l'empêchait pas d'être charmante, si charmante que, malgré la singularité de l'aventure et la façon inexplicable dont elle était entrée dans la chambre, je n'eus pas un instant de frayeur.

Elle posa la lampe sur la table et s'assit sur le pied de mon lit, puis elle me dit en se penchant vers moi avec cette voix argentine et veloutée à la fois que je n'ai connue qu'à elle :

« Je me suis bien fait attendre, mon cher Romuald, et tu as dû croire que je t'avais oublié. Mais je viens de bien loin, et d'un endroit dont personne n'est encore revenu ; il n'y a ni lune ni soleil au pays d'où j'arrive ; ce n'est que de l'espace et de l'ombre ; ni chemin, ni sentier ; point de terre pour le pied, point d'air pour l'aile ; et pourtant me voici, car l'amour est plus fort que la mort, et il finira par la vaincre. Ah ! que de faces mornes et de choses terribles j'ai vues dans mon voyage ! Que de peine mon âme, rentrée dans ce monde par la puissance de la volonté, a eue pour retrouver son corps et s'y réinstaller ! Que d'efforts il m'a fallu faire avant de lever la dalle dont on m'avait couverte ! Tiens ! le dedans de mes pauvres mains en est tout meurtri. Baise-les pour les guérir, cher amour ! » Elle m'appliqua l'une après l'autre les paumes froides de ses mains sur ma bouche, je les baisai en effet plusieurs fois, et elle me regardait faire avec un sourire d'ineffable complaisance.

Je l'avoue à ma honte, j'avais totalement oublié les avis de l'abbé Sérapion et le caractère dont j'étais revêtu. J'étais tombé sans résistance et au premier assaut. Je n'avais pas même essayé de repousser le tentateur ; la fraîcheur de la peau de Clarimonde pénétrait la mienne, et je me sentais courir sur le corps de voluptueux frissons. La pauvre enfant ! malgré tout ce que j'en ai vu, j'ai peine à croire encore que ce fût un démon ; du moins elle n'en avait pas l'air, et jamais Satan n'a mieux caché ses griffes et ses cornes. Elle avait replié ses talons sous elle et se tenait accroupie sur le bord de la couchette dans une position pleine de coquetterie nonchalante. De temps en temps elle passait sa petite main à travers mes cheveux et les roulait en boucles comme pour essayer à mon visage de nouvelles coiffures. Je me laissais faire avec la plus coupable complaisance, et elle accompagnait tout cela du plus charmant babil. Une chose remarquable, c'est que je n'éprouvais aucun étonnement d'une aventure aussi extraordinaire, et, avec cette facilité que l'on a dans la vision d'admettre comme fort simples les événements les plus bizarres, je ne voyais rien là que de parfaitement naturel.

« Je t'aimais bien longtemps avant de t'avoir vu, mon cher Romuald, et je te cherchais partout. Tu étais mon rêve, et je t'ai aperçu dans l'église au fatal moment ; j'ai dit tout de suite : « C'est lui ! » Je te jetai un regard où je mis tout l'amour que j'avais eu, que j'avais et que je devais avoir pour toi ; un regard à damner un cardinal, à faire agenouiller un roi à mes pieds devant toute sa cour. Tu restas impassible et tu me préféras ton Dieu.

« Ah ! que je suis jalouse de Dieu, que tu as aimé et que tu aimes encore plus que moi !

« Malheureuse, malheureuse que je suis ! je n'aurai jamais ton cœur à moi toute seule, moi que tu as ressuscitée d'un baiser, Clarimonde la morte, qui force à cause de toi les portes du tombeau et qui vient te consacrer une vie qu'elle n'a reprise que pour te rendre heureux ! »

Toutes ces paroles étaient entrecoupées de caresses délirantes qui étourdirent mes sens et ma raison au point que je ne craignis point pour la consoler de proférer un effroyable blasphème, et de lui dire que je l'aimais autant que Dieu.

Ses prunelles se ravivèrent et brillèrent comme des chrysoprases. « Vrai ! bien vrai ! autant que Dieu ! dit-elle en m'enlaçant dans ses beaux bras. Puisque c'est ainsi, tu viendras avec moi, tu me suivras où je voudrai. Tu laisseras tes vilains habits noirs. Tu seras le plus fier et le plus envié des cavaliers, tu seras mon amant. Être l'amant avoué de Clarimonde, qui a refusé un pape, c'est beau, cela ! Ah ! la bonne vie, bien heureuse, la belle existence dorée que nous mènerons ! Quand partons-nous, mon gentilhomme ?

— Demain, demain ! m'écriai-je dans mon délire.

— Demain, soit ! reprit-elle. J'aurai le temps de changer de toilette, car celle-ci est un peu succincte et ne vaut rien pour le voyage. Il faut aussi que j'aille avertir mes gens qui me croient sérieusement morte et qui se désolent tant qu'ils peuvent. L'argent, les habits, les voitures, tout sera prêt ; je te viendrai prendre à cette heure-ci. Adieu, cher cœur. » Et elle effleura mon front du bout de ses lèvres. La lampe s'éteignit, les rideaux se refermèrent, et je ne vis plus rien ; un sommeil de plomb, un sommeil sans rêve s'appesantit sur moi et me tint engourdi jusqu'au lendemain matin. Je me réveillai plus tard que de coutume, et le souvenir de cette singulière vision m'agita toute la journée ; je finis par me persuader que c'était une pure vapeur de mon imagination échauffée. Cependant les sensations avaient été si vives, qu'il était difficile de croire qu'elles n'étaient pas réelles, et ce ne fut pas sans quelque appréhension de ce qui allait arriver que je me mis au lit après avoir prié Dieu d'éloigner de moi les mauvaises pensées et de protéger la chasteté de mon sommeil.

Je m'endormis bientôt profondément, et mon rêve se continua. Les rideaux s'écartèrent, et je vis Clarimonde, non pas, comme la première fois, pâle dans son pâle suaire et les violettes de la mort sur les joues, mais gaie, leste et pimpante, avec un superbe habit de voyage en velours vert orné de ganses d'or et retroussé sur le côté pour laisser voir une jupe de satin. Ses cheveux blonds s'échappaient en grosses boucles de dessous un large chapeau de feutre noir chargé de plumes blanches capricieusement contournées ; elle tenait à la main une petite cravache terminée par un sifflet d'or. Elle m'en toucha légèrement et me dit : « Eh bien, beau dormeur, est-ce ainsi que vous faites vos préparatifs ? Je comptais vous trouver debout. Levez-vous bien vite ; nous n'avons pas de temps à perdre. » Je sautai à bas du lit.

« Allons, habillez-vous et partons, dit-elle en me montrant du doigt un petit paquet qu'elle avait apporté ; les chevaux s'ennuient et rongent leur frein à la porte. Nous devrions déjà être à dix lieues d'ici. »

Je m'habillai en hâte, et elle me tendait elle-même les pièces du vêtement, en riant aux éclats de ma gaucherie, et en m'indiquant leur usage quand je me trompais. Elle donna du tour à mes cheveux, et, quand ce fut fait, elle me tendit un petit miroir de poche en cristal de Venise, bordé d'un filigrane d'argent, et me dit : « Comment te trouves-tu ? veux-tu me prendre à ton service comme valet de chambre ? »

Je n'étais plus le même, et je ne me reconnus pas. Je ne me ressemblais pas plus qu'une statue achevée ne ressemble à un bloc de pierre. Mon ancienne figure avait l'air de n'être que l'ébauche grossière de celle que réfléchissait le miroir. J'étais beau, et ma vanité fut sensiblement chatouillée de cette métamorphose. Ces élégants habits, cette riche veste brodée, faisaient de moi un tout autre personnage, et j'admirai la puissance de quelques aunes d'étoffes taillées d'une certaine manière. L'esprit de mon costume me pénétrait la peau, et au bout de dix minutes j'étais passablement fat.

Je fis quelques tours par la chambre pour me donner de l'aisance. Clarimonde me regardait d'un air de complaisance maternelle et paraissait très contente de son œuvre. « Voilà bien assez d'enfantillage ; en route, mon cher Romuald ! nous allons loin et nous n'arriverons pas. » Elle me prit la main et m'entraîna. Toutes les portes s'ouvraient devant elle aussitôt qu'elle les touchait, et nous passâmes devant le chien sans l'éveiller.

A la porte, nous trouvâmes Margheritone ; c'était l'écuyer qui m'avait déjà conduit ; il tenait en bride trois chevaux noirs comme les premiers, un pour moi, un pour lui, un pour Clarimonde. Il fallait que ces chevaux fussent des genets d'Espagne, nés de juments fécondées par le zéphyr ; car ils allaient aussi vite que le vent, et la lune, qui s'était levée à notre départ pour nous éclairer, roulait dans le ciel comme une roue détachée de son char ; nous la voyions à notre droite sauter d'arbre en arbre et s'essouffler pour courir après nous. Nous arrivâmes bientôt dans une plaine où, auprès d'un bouquet d'arbres, nous attendait une voiture attelée de quatre vigoureuses bêtes ; nous y montâmes, et les postillons leur firent prendre un galop insensé. J'avais un bras passé derrière la taille de Clarimonde et une de ses mains ployée dans la mienne ; elle appuyait sa tête à mon épaule, et je sentais sa gorge demi-nue frôler mon bras. Jamais je n'avais éprouvé un bonheur aussi vif. J'avais oublié tout en ce moment-là, et je ne me souvenais pas plus d'avoir été prêtre que de ce que j'avais fait dans le sein de ma mère, tant était grande la fascination que l'esprit malin exerçait sur moi. A dater de cette nuit, ma nature s'est en quelque sorte dédoublée, et il y eut en moi deux hommes dont l'un ne connaissait pas l'autre. Tantôt je me croyais un prêtre qui rêvait chaque soir qu'il était gentilhomme, tantôt un gentilhomme qui rêvait qu'il était prêtre. Je ne pouvais plus distinguer le songe de la veille, et je ne savais pas où commençait la réalité et où finissait l'illusion. Le jeune seigneur fat et libertin se raillait du prêtre, le prêtre détestait les dissolutions du jeune seigneur. Deux spirales enchevêtrées l'une dans l'autre et confondues sans se toucher jamais représentent très bien cette vie bicéphale qui fut la mienne. Malgré l'étrangeté de cette position, je ne crois pas avoir un seul instant touché à la folie. J'ai toujours conservé très nettes les perceptions de mes deux existences. Seulement, il y avait un fait absurde que je ne pouvais m'expliquer : c'est que le sentiment du même moi existât dans deux hommes si différents. C'était une anomalie dont je ne me rendais pas compte, soit que je crusse être le curé du petit village de ***, ou *il signor Romualdo*, amant en titre de la Clarimonde.

Toujours est-il que j'étais ou du moins que je croyais être à Venise ; je n'ai pu encore bien démêler ce qu'il y avait d'illusion et de réel dans cette bizarre aventure. Nous habitions un grand palais de marbre sur le Canaleio, plein de fresques et de statues, avec deux Titiens du meilleur temps dans la chambre à coucher de la Clarimonde, un palais digne d'un roi. Nous avions chacun notre gondole et nos *barcaroli* à notre livrée, notre chambre de musique et notre poète. Clarimonde entendait la vie d'une grande manière, et elle avait un peu de Cléopâtre dans sa nature. Quant à moi, je menais un train de fils de prince, et je faisais une poussière comme si j'eusse été de la famille de l'un des douze apôtres ou des quatre évangélistes de la sérénissime république ; je ne me serais pas détourné de mon chemin pour laisser passer le doge, et je ne crois pas que, depuis Satan qui tomba du ciel, personne ait été plus orgueilleux et plus insolent que moi. J'allais au Ridotto, et je jouais un jeu d'enfer. Je voyais la meilleure société du monde, des fils de famille ruinés, des femmes de théâtre, des escrocs, des parasites et des spadassins. Cependant, malgré la dissipation de cette vie, je restais fidèle à la Clarimonde. Je l'aimais éperdument. Elle eût réveillé la satiété même et fixé l'inconstance. Avoir Clarimonde, c'était avoir vingt maîtresses, c'était avoir toutes les femmes, tant elle était mobile, changeante et dissemblable d'elle-même, un vrai caméléon ! Elle vous faisait commettre avec elle l'infidélité que vous eussiez commise avec d'autres, en prenant complètement le caractère, l'allure et le genre de beauté de la femme qui paraissait vous plaire. Elle me rendait mon amour au centuple, et c'est en vain que les jeunes patriciens et même les vieux du conseil des Dix lui firent les plus magnifiques propositions. Un Foscari alla même jusqu'à lui proposer de l'épouser; elle refusa tout. Elle avait assez d'or; elle ne voulait plus que de l'amour, un amour jeune, pur, éveillé par elle, et qui devait être le premier et le dernier. J'aurais été parfaitement heureux sans un maudit cauchemar qui revenait toutes les nuits, et où je me croyais un curé de village se macérant et faisant pénitence de mes excès du jour. Rassuré par l'habitude d'être avec elle, je ne songeais presque plus à la façon étrange dont j'avais fait connaissance avec Clarimonde. Cependant, ce qu'en avait dit l'abbé Sérapion me revenait quelquefois en mémoire et ne laissait pas que de me donner de l'inquiétude.

Depuis quelque temps la santé de Clarimonde n'était pas aussi bonne; son teint s'amortissait de jour en jour. Les médecins qu'on fit venir n'entendaient rien à sa maladie, et ils ne savaient qu'y faire. Ils prescrivirent quelques remèdes insignifiants et ne revinrent plus. Cependant elle pâlissait à vue d'œil et devenait de plus en plus froide. Elle était presque aussi blanche et aussi morte que la fameuse nuit dans le château inconnu. Je me désolais de la voir ainsi lentement dépérir. Elle, touchée de ma douleur, me souriait doucement et tristement avec le sourire fatal des gens qui savent qu'ils vont mourir.

Un matin, j'étais assis auprès de son lit, et je déjeunais sur une petite table pour ne la pas quitter d'une minute. En coupant un fruit, je me fis par hasard au doigt une entaille assez profonde. Le sang partit aussitôt en filets pourpres, et quelques gouttes rejaillirent sur Clarimonde. Ses yeux s'éclairèrent, sa physionomie prit une expression de joie féroce et sauvage que je ne lui avais jamais vue. Elle sauta à bas du lit avec une agilité animale, une agilité de singe ou de chat, et se précipita sur ma blessure qu'elle se mit à sucer avec un air d'indicible volupté. Elle avalait le sang par petites gorgées, lentement et précieusement, comme un gourmet qui savoure un vin de Xérès ou de Syracuse; elle clignait les yeux à demi, et la pupille de ses prunelles vertes était devenue oblongue au lieu de ronde. De temps à autre elle s'interrompait pour me baiser la main, puis elle recommençait à presser de ses lèvres les lèvres de la plaie pour en faire sortir encore quelques gouttes rouges. Quand elle vit que le sang ne venait plus, elle se releva l'œil humide et brillant, plus rose qu'une aurore de mai, la figure pleine, la main tiède et moite, enfin plus belle que jamais et dans un état parfait de santé.

« Je ne mourrai pas! je ne mourrai pas! dit-elle à moitié folle de joie et en se penchant à mon cou; je pourrai t'aimer encore longtemps. Ma vie est dans la tienne, et tout ce qui est moi vient de toi. Quelques gouttes de ton riche et noble sang, plus précieux et plus efficace que tous les élixirs du monde, m'ont rendu l'existence. »

Cette scène me préoccupa longtemps et m'inspira d'étranges doutes à l'endroit de Clarimonde, et le soir même, lorsque le sommeil m'eut ramené à mon presbytère, je vis l'abbé Sérapion plus grave et plus soucieux que jamais. Il me regarda attentivement et me dit : « Non content de perdre votre âme, vous voulez aussi perdre votre corps. Infortuné jeune homme, dans quel piège êtes-vous tombé! » Le ton dont il me dit ce peu de mots me frappa vivement; mais, malgré sa vivacité, cette impression fut bientôt dissipée, et mille autres soins l'effacèrent de mon esprit. Cependant, un soir, je vis dans ma glace, dont elle n'avait pas calculé la perfide position, Clarimonde qui versait une poudre dans la coupe de vin épicé qu'elle avait coutume de préparer après le repas. Je pris la coupe, je feignis d'y porter mes lèvres, et je la posai sur quelque meuble comme pour l'achever plus tard à mon loisir; et, profitant d'un instant où la belle avait le dos tourné, j'en jetai le contenu sous la table; après quoi je me retirai dans ma chambre et je me couchai, bien déterminé à ne pas dormir et à voir ce que tout cela deviendrait. Je n'attendis pas longtemps; Clarimonde entra en robe de nuit, et, s'étant débarrassée de ses voiles, s'allongea dans le lit auprès de moi. Quand elle se fut bien assurée que je dormais, elle découvrit mon bras et tira une épingle d'or de sa tête; puis elle se mit à murmurer à voix basse :

« Une goutte, rien qu'une petite goutte rouge, un rubis au bout de mon aiguille!... Puisque tu m'aimes encore, il ne faut pas que je meure... Ah! pauvre amour! son beau sang d'une couleur pourpre si éclatante, je vais le boire. Dors, mon seul bien; dors, mon dieu, mon enfant; je ne te ferai pas de mal, je ne prendrai de ta vie que ce qu'il faudra pour ne pas laisser éteindre la mienne. Si je ne t'aimais pas tant, je pourrais me résoudre à avoir d'autres amants dont je tarirais les veines; mais depuis que je te connais j'ai tout le monde en horreur... Ah! le beau bras! comme il est rond! comme il est blanc! je n'oserai jamais piquer cette jolie veine bleue. » Et, tout en disant cela, elle pleurait, et je sentais pleuvoir ses larmes sur mon bras qu'elle tenait entre ses mains. Enfin elle se décida, me fit une petite piqûre avec son aiguille et se mit à pomper le sang qui en coulait. Quoiqu'elle en eût bu à peine quelques gouttes, la crainte de m'épuiser la prenant, elle m'entoura avec soin le bras d'une petite bandelette après avoir frotté la plaie d'un onguent qui la cicatrisa sur-le-champ.

Je ne pouvais plus avoir de doutes, l'abbé Sérapion avait raison. Cependant, malgré cette certitude, je ne pouvais m'empêcher d'aimer Clarimonde, et je lui aurais volontiers donné tout le sang dont elle avait besoin pour soutenir son existence factice. D'ailleurs, je n'avais pas grand-peur; la femme me répondait du vampire, et ce que j'avais entendu et vu me rassurait complètement; j'avais alors des veines plantureuses qui ne se seraient pas de sitôt épuisées, et je ne marchandais pas ma vie goutte à goutte. Je me serais ouvert le bras moi-même et je lui aurais dit : « Bois ! et que mon amour s'infiltre dans ton corps avec mon sang ! » J'évitais de faire la moindre allusion au narcotique qu'elle m'avait versé et à la scène de l'aiguille, et nous vivions dans le plus parfait accord. Pourtant mes scrupules de prêtre me tourmentaient plus que jamais, et je ne savais quelle macération nouvelle inventer pour mater et mortifier ma chair. Quoique toutes ces visions fussent involontaires et que je n'y participasse en rien, je n'osais pas toucher le Christ avec des mains aussi impures et un esprit souillé par de pareilles débauches réelles ou rêvées. Pour éviter de tomber dans ces fatigantes hallucinations, j'essayais de m'empêcher de dormir, je tenais mes paupières ouvertes avec les doigts et je restais debout au long des murs, luttant contre le sommeil de toutes mes forces; mais le sable de l'assoupissement me roulait bientôt dans les yeux, et, voyant que toute lutte était inutile, je laissais tomber les bras de découragement et de lassitude, et le courant me rentraînait vers les rives perfides. Sérapion me faisait les plus véhémentes exhortations, et me reprochait durement ma mollesse et mon peu de ferveur. Un jour que j'avais été plus agité qu'à l'ordinaire, il me dit : « Pour vous débarrasser de cette obsession, il n'y a qu'un moyen, et, quoiqu'il soit extrême, il le faut employer : aux grands maux les grands remèdes. Je sais où Clarimonde a été enterrée; il faut que nous la déterrions et que vous voyiez dans quel état pitoyable est l'objet de votre amour; vous ne serez plus tenté de perdre votre âme pour un cadavre immonde dévoré des vers et près de tomber en poudre; cela vous fera assurément rentrer en vous-même. » Pour moi, j'étais si fatigué de cette double vie, que j'acceptai, voulant savoir, une fois pour toutes, qui du prêtre ou du gentilhomme était dupe d'une illusion, j'étais décidé à tuer au profit de l'un ou de l'autre un des deux hommes qui étaient en moi ou à les tuer tous deux, car une pareille vie ne pouvait durer. L'abbé Sérapion se munit d'une pioche, d'un levier et d'une lanterne, et à minuit nous nous dirigeâmes vers le cimetière de ***, dont il connaissait parfaitement le gisement et la disposition. Après avoir porté la lumière de la lanterne sourde sur les inscriptions de plusieurs tombeaux, nous arrivâmes enfin à une pierre à moitié cachée par les grandes herbes et dévorée de mousses et de plantes parasites, où nous déchiffrâmes ce commencement d'inscription :

> *Ici gît Clarimonde*
> *Qui fut de son vivant*
> *La plus belle du monde.*
> ....

« C'est bien ici », dit Sérapion, et, posant à terre sa lanterne, il glissa la pince dans l'interstice de la pierre et commença à la soulever. La pierre céda, et il se mit à l'ouvrage avec la pioche. Moi, je le regardais faire, plus noir et plus silencieux que la nuit elle-même ; quant à lui, courbé sur son œuvre funèbre, il ruisselait de sueur, il haletait, et son souffle pressé avait l'air du râle d'un agonisant. C'était un spectacle étrange, et qui nous eût vus du dehors nous eût plutôt pris pour des profanateurs et des voleurs de linceuls, que pour des prêtres de Dieu. Le zèle de Sérapion avait quelque chose de dur et de sauvage qui le faisait ressembler à un démon plutôt qu'à un apôtre ou à un ange, et sa figure aux grands traits austères et profondément découpés par le reflet de la lanterne n'avait rien de très rassurant. Je me sentais perler sur les membres une sueur glaciale, et mes cheveux se redressaient douloureusement sur ma tête ; je regardais au fond de moi-même l'action du sévère Sérapion comme un abominable sacrilège, et j'aurais voulu que du flanc des sombres nuages qui roulaient pesamment au-dessus de nous sortît un triangle de feu qui le réduisît en poudre. Les hiboux perchés sur les cyprès, inquiétés par l'éclat de la lanterne, en venaient fouetter lourdement la vitre avec leurs ailes poussiéreuses, en jetant des gémissements plaintifs ; les renards glapissaient dans le lointain, et mille bruits sinistres se dégageaient du silence. Enfin la pioche de Sérapion heurta le cercueil dont les planches retentirent avec un bruit sourd et sonore, avec ce terrible bruit que rend le néant quand on y touche ; il en renversa le couvercle, et j'aperçus Clarimonde pâle comme un marbre, les mains jointes; son blanc suaire ne faisait qu'un seul pli de sa tête à ses pieds. Une petite goutte brillait comme une rose au coin de sa bouche décolorée. Sérapion, à cette vue, entra en fureur : « Ah! te voilà, démon, courtisane impudique, buveuse de sang et d'or! » et il aspergea d'eau bénite le corps et le cercueil sur lequel il traça la forme d'une croix avec son goupillon. La pauvre Clarimonde n'eut pas été plus tôt touchée par la sainte rosée que son beau corps tomba en poussière; ce ne fut plus qu'un mélange affreusement informe de cendres et d'os à demi calcinés. « Voilà votre maîtresse, seigneur Romuald, dit l'inexorable prêtre en me montrant ces tristes dépouilles; serez-vous encore tenté d'aller vous promener au Lido et à Fusine avec votre beauté? » Je baissai la tête; une grande ruine venait de se faire au-dedans de moi. Je retournai à mon presbytère, et le seigneur Romuald, amant de Clarimonde, se sépara du pauvre prêtre, à qui il avait tenu pendant si longtemps une si étrange compagnie. Seulement, la nuit suivante, je vis Clarimonde; elle me dit, comme la première fois sous le portail de l'église : « Malheureux, malheureux! qu'as-tu fait? Pourquoi as-tu écouté ce prêtre imbécile? n'étais-tu pas heureux? et que t'avais-je fait, pour violer ma pauvre tombe et mettre à nu les misères de mon néant? Toute communication entre nos âmes et nos corps est rompue désormais. Adieu, tu me regretteras. » Elle se dissipa dans l'air comme une fumée, et je ne la revis plus.

Hélas! elle a dit vrai : je l'ai regrettée plus d'une fois et je la regrette encore. La paix de mon âme a été bien chèrement achetée; l'amour de Dieu n'était pas de trop pour remplacer le sien. Voilà, frère, l'histoire de ma jeunesse. Ne regardez jamais une femme, et marchez toujours les yeux fixés en terre, car, si chaste et si calme que vous soyez, il suffit d'une minute pour vous faire perdre l'éternité.

1836

Francis Marion Crawford

CAR LA VIE EST DANS LE SANG

    Nous avions dîné, aux derniers rayons du soleil couchant, sur l'imposante terrasse de la vieille tour : au milieu de la terrible chaleur de l'été, nous y trouvions encore quelque fraîcheur. En outre, la petite cuisine se situait dans un coin de la vaste plate-forme carrée, de sorte qu'il se révélait bien plus facile d'apporter directement les plats sur la table que de devoir les descendre par d'innombrables marches de pierre que l'âge avait brisées en certains endroits et érodées partout. La tour elle-même était une de ces constructions qui se dressaient un peu partout le long de la côte occidentale de la Calabre, selon les plans de Charles Quint qui désirait tenir en respect les pirates barbaresques, à l'époque où les Infidèles s'entendaient un peu trop bien avec François Ier pour combattre l'Empereur et l'Église. Toutes tombaient plus ou moins en ruine, mais quelques privilégiées demeuraient solides sur leurs bases — entre autres la mienne, l'une des plus importantes. Comment elle arriva en ma possession, voilà dix ans, et pourquoi j'ai décidé d'y passer une partie de l'année, régulièrement, voilà deux questions qui ne concernent en rien l'histoire que je veux raconter. La tour se dresse dans une des zones les plus désolées de l'Italie méridionale, à l'extrémité d'un promontoire rocheux qui retient la mer en demi-cercle, formant un port naturel, modeste mais sûr, à l'extrémité sud du golfe de Policastro, juste au nord du cap Scalea où, selon les légendes locales, Judas Iscariote aurait vu le jour. La tour domine les environs, solitaire, sur cet éperon rocheux qui rappelle un bec d'aigle ; du plus haut que nous nous trouvions, nous n'apercevons aucune maison dans un rayon de cinq kilomètres. Lorsque je demeure ici, j'engage un couple de marins (dont un maître queux) et quand je n'y suis pas, je laisse l'endroit aux soins d'un tout petit bonhomme, presque un gnome, qui travaillait jadis comme mineur et qui, depuis bien longtemps, s'est attaché à ma personne.

Mon ami, qui vient parfois briser ma solitude des mois d'été, est artiste de profession, scandinave de naissance et cosmopolite par la force des circonstances.

Comme je l'ai déjà écrit, nous avions dîné sous les derniers rayons du soleil couchant. Le crépuscule avait pris des teintes rouges, puis s'était affadi avant de céder la place à la pourpre vespérale qui avait envahi la vaste chaîne de montagnes, au large du golfe, de plus en plus hautes à mesure que l'on descend vers le sud. Il faisait une chaleur insupportable. Nous nous étions assis sur le côté de la terrasse qui donne sur les terres, impatients de sentir la brise nocturne qui allait quitter les collines les plus basses pour nous rafraîchir enfin. L'air perdit de ses couleurs, le ciel prit, quelques instants, une couleur gris sombre. Une lampe jeta une flèche jaune à travers la porte ouverte de la cuisine où les serviteurs prenaient leur repas.

Puis, soudain, la lune se leva, par-dessus la crête du promontoire, inonda la terrasse et illumina la plus petite parcelle de rocher, la plus petite touffe d'herbe à nos pieds, jusqu'à la frange de l'océan immobile. Mon ami alluma sa pipe et contempla longuement un point précis, sur le flanc de la colline. Je savais qu'il observait avec la plus grande des concentrations et je m'étais demandé longtemps s'il avait découvert ce qui méritait d'attirer son attention. Je connaissais fort bien l'endroit qu'il regardait. De toute évidence, quelque chose le passionnait, bien qu'il prît pas mal de temps pour en parler. Comme la plupart des peintres, il se fie à ses yeux, instinctivement, comme un lion se fie à sa puissance, et un cerf, à la rapidité de sa course ; il n'est donc pas étonnant de le voir se troubler quand il ne peut concilier le spectacle qu'il regarde avec celui qu'il s'attendrait à regarder.

— C'est étrange, finit-il par marmonner. Voyez-vous ce petit monticule de terre, au flanc de ce bloc de pierre ?

— Certes.

Je devinai la réplique qui allait suivre.

— Il a tout d'une tombe.

« Une tombe, oui, murmura-t-il, sans quitter l'endroit du regard. Mais le plus étrange est que je vois le cadavre étendu sur celle-ci.

Holger s'interrompit une seconde avant de reprendre, tournant un peu la tête de côté, comme le font souvent les peintres :

— Un effet de lumière, bien entendu. D'abord, il ne peut exister de tombe, à cet endroit. De plus, s'il en existait une, le corps reposerait à l'intérieur, non au-dehors. C'est un des tours que nous joue la clarté lunaire. Ne voyez-vous rien, vous ?

— Mais si : je vois avec netteté la même chose que vous, les nuits de pleine lune.

— Vous ne prêtez guère d'attention au phénomène, dirait-on.

— Au contraire : il me passionne, bien que je m'y sois habitué. Vous n'étiez pas loin de la vérité : le monticule est bel et bien une tombe.

— Sottises ! s'écria Holger. Et j'imagine qu'en plus, selon vous, c'est bel et bien un corps qui gît sur la terre.

— Non pas, répondis-je. Je le sais, parce que j'ai eu la curiosité d'aller voir.

— Qu'est-ce, alors ?
— Rien.
— Vous reconnaissez donc qu'il s'agit d'un effet de lumière.

— Peut-être, mais il y a plus troublant. En fin de compte, peu importe que la lune se lève, se couche, croisse, décline. Pour peu qu'elle dispense quelque lueur, à l'est, à l'ouest, à la verticale, qu'importe : au moindre rayon qui éclaire la tombe, vous pouvez distinguer les contours d'un cadavre sur celle-ci.

Holger attisa sa pipe avec la pointe de son canif, puis enfonça un peu de tabac avec ses doigts. Quand il décréta que la pipe était parfaite, il se leva de son siège.

— Avec votre permission, je m'en vais jeter un coup d'œil là-bas.

Il me tourna le dos, traversa toute la longueur de la terrasse et disparut dans l'escalier en colimaçon. Je ne bougeai pas, mais gardai les yeux fixés sur le pied de la tour jusqu'au moment où je vis mon ami sortir. Je l'entendis fredonner une vieille ballade danoise pendant qu'il franchissait l'espace découvert qu'illuminait la lune. Il se dirigea sans hésitation vers le mystérieux monticule. A quelque dix pas de là, il s'arrêta tout net, s'avança encore de deux pas, puis recula de trois ou de quatre avant de s'arrêter définitivement. Je savais pourquoi. Il avait atteint l'endroit où il ne pouvait plus discerner la Chose — où, comme il l'aurait expliqué, l'effet de lumière changeait.

Il recommença à se diriger vers le monticule au sommet duquel il s'arrêta. Je distinguais encore la Chose, mais elle n'était plus du tout couchée : elle se tenait à genoux, à présent, et ceignait, de ses bras blancs, le corps de Holger qu'elle regardait droit dans les yeux. A ce moment, une brise glaciale ébouriffa mes cheveux : le vent frais de la nuit commençait à dévaler des collines — mais j'eus l'impression de sentir un souffle lâché d'un autre monde.

La Chose paraissait vouloir se redresser tout à fait, en s'agrippant au corps de Holger — lequel restait droit sur ses jambes, de toute évidence inconscient de cette étrange présence. Il regardait à présent vers la tour, très pittoresque, il faut le reconnaître, quand la lune l'éclaire en plein sous cet angle.

— Revenez, hurlai-je. Ne passez pas toute la nuit là-bas !

Il me sembla qu'il abandonnait le monticule avec une certaine répugnance ou, peut-être, avec une difficulté incompréhensible. Oui : il éprouvait bel et bien des difficultés à se mouvoir : la Chose lui étreignait toujours la taille, mais on eût juré qu'Elle ne pouvait s'arracher à la terre. En fin de compte, quand il put se dégager, non sans effort, Elle parut s'étirer et s'allonger comme un banc de brouillard, mince, blanc ; je remarquai aussi, sans l'ombre d'un doute, que Holger tremblait, comme un homme pris par un frisson incontrôlable. A cette seconde même, la brise m'apporta un léger cri de douleur (peut-être provenait-il du jeune hibou qui nichait au milieu des rochers) et la silhouette de brouillard s'écarta en flottant de la silhouette humaine pour s'étendre une fois de plus, de tout son long, sur le petit tertre.

Je sentis à nouveau la brise glacée jouer dans mes cheveux, mais, cette fois, un frisson d'horreur me courut tout le long de l'épine dorsale. Je me souvenais parfaitement m'être rendu là-bas, seul, dans la lueur lunaire ; je me souvenais n'avoir rien vu de particulier, tout près de la tombe ; je me souvenais avoir grimpé au sommet du tertre et m'y être arrêté puis, au moment de m'en retourner, sûr qu'il n'y avait personne dans les environs, avoir subi tout à coup la conviction que je croiserais le regard de quelqu'un si j'osais regarder derrière moi. Comme elle était forte, cette tentation de tourner la tête ! Comme j'avais dû lutter pour y résister, me seriner qu'elle était indigne d'un homme de bon sens ! Je me souvenais surtout qu'au moment de m'arracher à elle, enfin, j'avais frissonné, exactement comme Holger.

A présent, je savais, je savais que ces bras blancs, ces bras de brouillard, m'avaient étreint, moi aussi. En un éclair, je compris tout et je frissonnai quand je me souvins avoir entendu le hululement du hibou cette nuit-là aussi. Je savais à présent qu'il n'était pas question d'un cri animal : c'était le cri de la Chose.

Je bourrai ma pipe et remplis mon verre d'un vin capiteux comme on en trouve dans le sud de l'Italie. Moins d'une minute plus tard, Holger s'asseyait à nouveau près de moi.

— Il n'y a rien, là-bas, c'est certain, marmonna-t-il. Mais c'est à en avoir la chair de poule. Vous savez : lorsque je m'en retournais, j'étais persuadé que quelque chose se terrait derrière moi, une chose qui voulait que je tourne la tête et que je la regarde. Je reconnais avoir dû me forcer pour continuer à avancer.

Il partit d'un petit éclat de rire qui sonnait faux, secoua les cendres du foyer de sa pipe et se servit un peu de vin. Pendant tout un temps, nous observâmes un profond silence. La lune continuait à monter dans le ciel. Tous deux, nous regardâmes la Chose étendue sur sa tombe.

— Vous pourriez écrire une histoire sur ce thème, décréta Holger après un long silence.

— Il en existe une, répondis-je. Si vous n'êtes pas trop endormi, je peux vous la raconter.

— En avant! ordonna Holger — qui adorait les histoires.

Le vieil Alario se mourait, dans le village au-delà de la colline. Vous vous souvenez de lui, n'est-ce pas? Selon les rumeurs, il aurait gagné toute sa fortune en vendant de fausses pierres précieuses en Amérique du Sud et n'aurait eu que le temps de prendre la fuite, une fois découvert. Comme tous ces gaillards qui parviennent à revenir les mains pleines, il se mit immédiatement en devoir d'agrandir sa maison et, comme il ne trouvait pas de maçons dans les environs, il poussa jusqu'à Paola pour en ramener deux. C'était une paire de canailles peu amènes, un Napolitain qui avait perdu un œil et un Sicilien dont une cicatrice de près de deux centimètres de profondeur courait à travers toute la joue gauche. Je les ai vus souvent car, le dimanche, ils descendaient jusqu'ici pêcher dans les rochers. Quand Alario attrapa cette fièvre qui finit par l'emporter, les maçons étaient toujours à l'œuvre. Comme il avait décrété que le gîte et le couvert constituaient une partie de leur salaire, ils dormaient dans la maison. Sa femme était morte et il vivait avec son fils unique, Angelo, qui valait bien mieux que son père. Angelo était sur le point d'épouser la fille de l'homme le plus riche du village; étrange constatation, d'ailleurs : bien que le mariage eût été entièrement arrangé par les parents, les indigènes prétendaient que les deux jeunes gens étaient amoureux l'un de l'autre!

Quoi qu'il en fût, tout le village adorait Angelo ainsi qu'une créature sauvage, très jolie, une certaine Cristina qui ressemblait plus à une gitane que toutes les autres femmes que j'ai rencontrées dans ces régions. Les lèvres écarlates, les yeux d'un noir profond, sa constitution évoquait celle d'un lévrier. En prime, elle manifestait une si mauvaise langue que le diable lui-même eût évité de discuter avec elle. Angelo ne se souciait pas le moins du monde de cette fille. C'était un gaillard tout simple, un peu simplet même, bien différent de son vieux filou de père, et qui, dans ce que j'appellerais des circonstances normales, n'aurait jamais levé les yeux sur aucune femme, hormis sur la jolie petite créature potelée et bien dotée que son père désirait le voir épouser. Mais les circonstances devinrent vite anormales.

Un très joli berger travaillant dans les collines qui dominent Maratea était amoureux de Cristina — laquelle ne lui avait jamais montré qu'indifférence. Cristina vivait au jour le jour, mais c'était une brave fille qui acceptait n'importe quel travail ou n'importe quelle commission, à quelque distance que ce fût, en échange d'un quignon de pain, d'une platée de haricots ou d'une nuit sous un toit. Rien ne lui plaisait plus que de pouvoir exécuter quelques petites tâches dans la maison du père d'Angelo. Aucun docteur ne réside au village. Aussi, quand les voisins eurent compris que le vieil Alario se mourait, envoyèrent-ils Cristina jusqu'à Scalea afin d'en ramener un. Elle partit très tard dans l'après-midi : tout le monde avait attendu longtemps parce que le moribond, jusqu'à son dernier souffle, avait refusé ce qu'il appelait une coûteuse extravagance. C'est pourquoi, une fois Cristina partie, l'état du vieillard empira bien vite. Amené à son chevet, le prêtre fit tout ce qu'il devait et pouvait, puis s'en alla en affirmant aux assistants que l'homme était mort.

Vous connaissez les indigènes. Ils manifestent une horreur physique de la mort. Aussi longtemps que le prêtre n'eut rien révélé, une foule imposante emplissait la chambre. Mais à peine eut-il prononcé sa dernière syllabe que tout le monde se bousculait pour sortir. La nuit était tombée. Chacun se précipita dans les rues sombres.

Angelo était absent. Cristina, toujours en route. La servante, une brave femme des environs, qui avait soigné le vieillard depuis le début de sa maladie, s'était enfuie avec les autres. Le corps resta donc seul dans la lueur tremblotante d'une lampe à huile.

Cinq minutes plus tard, deux hommes jetèrent un regard

circonspect dans la chambre, puis, à pas de loup, se dirigèrent vers le lit. C'était les maçons, le borgne Napolitain et le Sicilien balafré. Ils savaient ce qu'ils voulaient. En un clin d'œil, ils eurent tiré une lourde boîte métallique de sous le lit et, bien avant que quelqu'un n'eût osé revenir dans la chambre de l'homme mort, ils avaient disparu, quitté la maison et le village, sous la protection de la nuit. La fuite fut aisée : la maison d'Alario est la dernière avant la gorge qui marque la limite du village et il suffit donc aux voleurs de sortir par la porte de derrière, de franchir le muret de pierre qui protège la bâtisse et de se fondre dans l'ombre. Aucun risque, sauf celui de croiser quelque villageois attardé — autrement dit, un risque infime, peu d'indigènes utilisant ce sentier-là. Ils disparurent donc sans incident, emportant, outre la boîte, une pelle et une pioche.

Je vous raconte l'histoire telle que mon imagination et la logique la conçoivent puisque, bien sûr, l'affaire n'eut aucun témoin. Un des hommes a traîné la boîte métallique le long du sentier qui courait à travers la gorge. Ils désiraient l'enfouir quelque part jusqu'au moment où, ayant trouvé une embarcation, ils pourraient revenir et l'emporter. Je loue leur intelligence qui leur a permis de deviner qu'une grande partie de la fortune consistait en billets de banque, sans quoi ils auraient enterré l'objet dans le sable humide, le long de la plage, solution bien plus facile et bien plus pratique. Malheureusement, le papier aurait pourri après un trop long séjour dans l'humidité ; ils ont donc creusé un peu plus loin, près de ce monticule. Mais oui : à l'endroit exact où s'élève le monticule qui nous intéresse.

Cristina ne parvint pas à trouver le docteur — lequel avait dû s'en aller précipitamment soigner je ne sais qui, dans le haut de la vallée, à mi-chemin de San Domenico. L'eût-elle déniché, il se serait déplacé sur sa mule, par la route supérieure, plus longue mais moins difficile. Cristina, elle, choisit le raccourci à travers les rochers, qui passe quelque quinze mètres au-dessus du monticule qu'il contourne ensuite. En passant, elle entendit les deux hommes creuser. Sa nature curieuse la rendait incapable de ne pas se rapprocher pour comprendre la nature exacte de ce bruit ; elle n'avait jamais connu la peur de toute sa vie. Au demeurant, elle savait que des pêcheurs, de temps en temps, débarquaient ici, de nuit, pour déterrer une pierre qui leur servirait d'ancre ou rassembler du petit bois afin d'allumer un feu. La nuit était sombre. Cristina se retrouva certainement très près des deux hommes avant qu'elle n'eût pu se rendre compte de la nature exacte de leurs activités. Elle les connaissait, bien entendu, tout comme ils la connaissaient. Ils comprirent dans l'instant qu'ils se trouvaient en son pouvoir. Ils comprirent aussi que, pour leur sécurité, il leur restait une seule solution — qu'ils adoptèrent. Ils lui brisèrent le crâne, creusèrent plus profondément que prévu et l'enterrèrent en toute hâte, avec la boîte métallique. Ils comprirent aussi que leur chance d'échapper à tout soupçon consistait à retourner au village avant la découverte de leur absence. De fait, ils revinrent sur leurs pas et des témoins affirment les avoir vus, une demi-heure plus tard, conversant de tout et de rien avec le charpentier qui préparait le cercueil d'Alario. Ils connaissaient ce personnage qui avait participé aux aménagements de la maison. Pour autant que j'aie pu l'établir, les seules personnes susceptibles de connaître l'endroit où Alario avait dissimulé son trésor étaient Angelo et la servante à qui j'ai fait allusion un peu plus haut. Vu l'absence d'Angelo, ce fut la femme qui découvrit la rapine.

On peut expliquer sans peine pourquoi personne d'autre ne connaissait la cachette d'Angelo. Le vieillard fermait soigneusement sa porte à clé, emportait celle-ci au moindre de ses déplacements et ne permettait pas à sa servante de nettoyer en son absence. Nul, dans le village, n'ignorait qu'il y avait un petit magot quelque part et les deux maçons avaient sans doute découvert le pot aux roses en s'introduisant dans la pièce par la fenêtre extérieure. Si le vieillard n'avait déliré jusqu'à son entrée dans le coma, nul doute que son agonie eût été horrible, la pensée de ses richesses l'obnubilant sans doute. La servante fidèle, elle, ne pensa plus à cet argent pendant qu'elle prenait la fuite avec les autres, submergée par l'horreur de la mort. Il ne s'écoula pas vingt minutes avant qu'elle ne s'en retournât en compagnie des deux hideuses harpies à qui l'on s'adressait toujours pour la toilette du cadavre. Même à ce moment, elle ne se sentit pas le courage de les suivre près du corps mais feignit avoir laissé tomber quelque chose, s'agenouilla pour le ramasser et jeta un coup d'œil sous le lit. Une couleur blanche recouvrait les murs jusqu'au sol : il ne fallut donc pas longtemps pour que la femme s'aperçût que la caisse avait disparu. Or, le soir même, elle s'y trouvait encore. On l'avait donc dérobée pendant le court intervalle de temps où le mort était resté tout seul.

Le village vit fort bien sans carabinier permanent. Il n'entretient même pas de garde municipal, car il n'existe pas de municipalité, et je crois même qu'il n'en a jamais existé. A la suite de je ne sais quelle convention mystérieuse, Scalea est censée s'occuper de l'ordre dans la région et il faut deux bonnes heures pour que quelqu'un couvre le trajet. La vieille femme avait vécu sa vie entière dans son village ; il ne lui vint donc pas à l'esprit une seconde d'appeler à l'aide les forces de l'ordre. Elle se contenta, sans plus, de pousser un grand cri et de parcourir tout le village, en pleine nuit, hurlant que la maison de son défunt maître avait été dévalisée. Bon nombre d'indigènes la regardèrent avec des yeux ronds, depuis leurs fenêtres, mais, de prime abord, personne ne paraissait désireux de l'aider. Certains même, s'instaurant enquêteurs de fortune, murmurèrent que la vieille avait sans doute dérobé l'argent elle-même. Le premier homme à se décider, enfin, fut le père de la jeune fille qu'Angelo devait épouser. Il rassembla toute sa maisonnée (tout le monde ressentait un intérêt personnel à la sauvegarde d'une fortune qui allait entrer dans la famille) et déclara qu'à son avis, seuls les deux maçons étrangers au village avaient pu faire main basse sur cet argent. Il se mit à la tête d'un groupe de recherches qui, bien entendu, commença ses investigations dans la maison d'Alario pour se terminer dans l'atelier du charpentier où l'on découvrit les deux gaillards en train de discuter et de vider des gobelets de vin avec celui qui terminait la seconde moitié du cercueil à la lueur d'une lampe à huile — que les gens d'ici, soit dit en passant, remplissent autant d'huile que de suif. Le groupe d'enquêteurs improvisé accusa d'emblée les deux bonshommes et les menaça de les enfermer dans une cave jusqu'à l'arrivée des carabiniers que l'on ferait venir de Scalea. Pendant un moment, les deux hommes se regardèrent puis, sans une hésitation, éteignirent l'unique lampe de la pièce et se saisirent du cercueil inachevé dont ils se servirent comme d'une sorte de bélier pour disperser les assaillants dans l'obscurité. Quelques moments plus tard, ils étaient hors d'atteinte.

Ici se termine la première partie de mon histoire. Le trésor avait disparu et, comme nul n'en retrouva la moindre trace, les villageois tirèrent la conclusion que les deux chenapans avaient réussi à l'emporter dans leur fuite. On enterra le vieillard et Angelo, quand il revint enfin, dut emprunter quelque argent pour payer les misérables funérailles — j'avoue qu'il éprouva quelques difficultés à rassembler la somme, même modeste. Dois-je préciser que, son héritage disparu, le projet de mariage disparut lui aussi ? Dans cette partie de l'Italie, toute union légale se base sur une transaction financière : si la dot promise n'est pas versée au jour fixé, le fiancé ou la fiancée dont les parents manquent à leur parole peut automatiquement se considérer comme libéré, car la noce n'aura pas lieu. L'infortuné Angelo connaissait au mieux ces coutumes. Son père n'avait jamais possédé la plus petite parcelle de terre et, à présent qu'avait disparu l'argent liquide rapporté d'Amérique du Sud, il ne restait rien, hormis les dettes pour les matériaux commandés afin de restaurer et d'agrandir la maison. Ne mâchons pas les mots : Angelo était réduit à la mendicité, de sorte que la mignonnette demoiselle potelée qui joua naguère le rôle de fiancée détourna le nez de ce petit gueux — à l'approbation générale. Quant à Cristina, plusieurs jours passèrent avant qu'on ne se rendît compte de sa disparition : personne ne se rappelait l'avoir envoyée à Scalea chercher le docteur, lequel n'était jamais arrivé. Il lui arrivait de disparaître de la sorte plusieurs jours de suite, lorsqu'elle avait trouvé un petit travail quelque part dans une ferme isolée, au milieu des montagnes. Quand son absence eut pris des proportions anormales, les villageois se posèrent des questions et, en fin de compte, conclurent que l'indélicate Cristina, de mèche avec les maçons, avait pris la fuite en compagnie de ceux-ci.

Je m'interrompis et vidai mon verre.
— Pareille histoire n'aurait jamais pu se produire ailleurs qu'ici, fit observer Holger en remplissant sa sempiternelle pipe. Il est merveilleux de constater quel charme naturel entoure un meurtre et une mort soudaine, dans une région aussi romantique que celle-ci. Des actions que l'on qualifierait ailleurs de brutales et d'ignobles deviennent, sans plus, dramatiques et mystérieuses parce qu'elles se sont déroulées dans cette Italie et que nous habitons une authentique tour construite par l'authentique Charles Quint pour s'opposer aux authentiques pirates barbaresques.
— Il y a quelque chose de vrai dans votre raisonnement, murmurai-je.

Holger est, sans contredit, le personnage à l'esprit le plus romantique qui soit — mais il se croit toujours obligé d'expliquer la cause de ses sentiments.
— J'imagine qu'ils déterrèrent le corps de la jeune fille en même temps que la caisse métallique ? demanda-t-il à brûle-pourpoint.

— On dirait que l'histoire vous intéresse. Je vais donc vous en raconter la fin.

La lune brillait bien haut dans le ciel. La Chose sur la tombe se découpait à présent avec une netteté insupportable.

Bientôt, le village reprit sa petite vie monotone. Nul ne regrettait le vieil Alario, si longtemps installé en Amérique du Sud qu'il n'avait jamais constitué, de fait, un véritable habitant de son village natal. Angelo, lui, se calfeutrait dans la maison à moitié achevée ; comme il n'avait pas d'argent, la vieille servante ne resta pas à son service mais, peut-être mue par quelque sentiment de reconnaissance, elle revenait, de temps à autre, rarement, pour lui laver une chemise. Outre la maison, Angelo avait hérité d'une petite parcelle de terre, un peu en dehors du village. Il commença à la cultiver, mais le cœur lui manquait : il savait qu'il ne pourrait payer les taxes, ni sur ce lopin de terre ni sur sa maison — laquelle d'ailleurs serait certainement saisie par le Gouvernement ou vendue pour dettes, le fournisseur de matériel ayant refusé de reprendre ses marchandises impayées.

Angelo était très malheureux. Du vivant de son père si riche, toutes les jeunes filles du village lui faisaient les yeux doux. Quelle différence, à présent ! Il se souvenait avec amertume de la période où on l'admirait, où on le courtisait, où les pères l'invitaient à boire à seule fin de lui présenter leurs filles à marier. Il était bien difficile, à présent, de subir des regards de glace, voire des moqueries et des sarcasmes sous prétexte que quelque gredin l'avait dépouillé de son héritage. Il se cuisinait tout seul ses misérables repas et finit par devenir mélancolique et morose.

Le soir, une fois terminée la journée de travail, il ne déambulait pas sur la place, devant l'église, en compagnie des jeunes gars de son âge, non : il allait se promener longuement dans les endroits solitaires, aux alentours du village, jusqu'à la nuit tombée. Puis il rentrait chez lui, furtif comme un loup, et se mettait au lit sans tarder, pour épargner les frais d'huile à lampe. Seul, pourtant, il ne l'était pas toujours car souvent, quand il rêvassait, assis sur une bûche d'arbre, là où l'étroit sentier tombe littéralement dans l'entrée de la gorge, il savait qu'une femme glissait, silencieuse, sur les pierres acérées, comme si elle se déplaçait nu-pieds ; elle restait tapie, immobile, sous un groupe de châtaigniers, à une demi-douzaine de mètres du sentier d'où elle l'observait sans piper mot. Bien qu'elle ne quittât pas l'ombre, il savait que ses lèvres étaient écarlates et que, lorsqu'elle les entrouvrait pour lui sourire, elle présentait deux petites dents aiguës. Il savait tout cela d'emblée, sans avoir rien vu. Il savait aussi que cette femme, c'était Cristina et qu'elle était morte. Il ne ressentait pourtant pas la moindre peur — il se contentait de se demander s'il ne rêvait pas ; éveillé, il se fût certainement enfui d'épouvante.

Je le répète : les lèvres de cette femme morte étaient écarlates — voilà qui ne pouvait se produire qu'en rêve. Chaque fois qu'il s'approchait de la gorge, après le coucher du soleil, elle l'attendait ou, à tout le moins, ne tardait pas à se montrer et il se persuada bien vite que, de nuit en nuit, elle s'approchait de lui. Les premières nuits, il avait focalisé son attention sur les lèvres qui ressemblaient à une blessure ouverte ; mais ensuite, le moindre trait de la femme se précisa avec une terrible netteté. Le visage couleur d'ivoire le considérait avec des yeux aussi brillants qu'avides.

Ces yeux ? Ils devenaient de plus en plus cupides. Petit à petit, il se mit en tête qu'une nuit ou l'autre le rêve ne s'interromprait pas au moment où il déciderait de rentrer chez lui, mais qu'au contraire la vision l'entraînerait dans la gorge d'où elle avait jailli. Elle était bien proche, ce soir-là, quand elle lui fit signe. Ses joues n'avaient rien de livide, comme celles des cadavres, mais, en revanche, présentaient cette pâleur des affamés, tout comme les yeux qui le dévoraient manifestaient tous les symptômes d'une faim insupportable, physiquement insupportable. Ils lui dévoraient l'âme, l'ensorcelaient, s'approchèrent tellement de lui qu'en fin de compte il n'eut plus la force de baisser les siens. Il n'aurait pu préciser si son haleine rappelait le feu de la forge ou le gel des icebergs ; il ne savait pas si les lèvres écarlates brûlaient les siennes ou les gelaient, si les cinq doigts qui emprisonnaient son poignet le déchiraient comme des blessures ou le mordaient comme des cicatrices de glace ; il ne savait pas davantage s'il veillait ou s'il rêvait, s'il vivait ou s'il venait de mourir, mais il savait qu'elle l'aimait, elle, la seule de toutes les créatures humaines et inhumaines, et que la puissance de cet amour le tenait prisonnier.

Quand la lune se leva, cette nuit, haute, l'ombre de cette Chose n'était plus seule, là-bas, sur la tombe.

Angelo s'éveilla dans l'humidité du matin, trempé de rosée, glacé jusqu'aux os, jusqu'au sang. Il ouvrit les yeux à la timide lueur grise de l'aube. Les étoiles scintillaient encore par-dessus sa tête. Il se sentait faible et son cœur battait si lentement qu'il croyait presque mourir. Au prix d'un immense effort, il tourna la tête sur le monticule qui lui servait d'oreiller, mais il ne vit pas d'autre visage. L'épouvante s'empara d'emblée de lui, une épouvante toute nouvelle, indescriptible. Il bondit sur ses pieds et courut à travers la gorge, sans un regard en arrière, jusqu'à ce qu'il eût atteint la porte de sa maison, à l'extrémité du village. Ce fut tristement qu'il se rendit au travail, ce jour-là, et les heures parurent traîner, s'allonger pendant le coucher du soleil, jusqu'au moment où, enfin, celui-ci caressa la mer dans laquelle il plongea. Les hautes collines pointues qui dominaient Maratea se détachèrent, pourpres, sur le ciel oriental couleur de colombe.

Angelo posa un lourd sarcloir sur son épaule et s'en alla. Il se sentait moins faible que ce matin, quand il avait commencé à travailler, mais il se promit de rentrer chez lui sans passer par la gorge, de manger le meilleur repas qu'il pût se préparer et de passer toute la nuit dans son lit, comme un chrétien. Plus question de se laisser tenter, en bas du sentier, par une ombre aux lèvres écarlates et à l'haleine de glace. Plus question de rêver ce rêve de terreur et de délices. Le voilà tout près du village. Le soleil s'était couché depuis une demi-heure et la cloche de l'église, fendillée depuis des lustres, lançait des échos discordants à travers les roches et les ravins afin d'annoncer à toutes les bonnes gens que la journée se terminait. Un instant, Angelo s'arrêta devant la bifurcation du sentier : à gauche, celui-ci menait au village ; à droite, il descendait vers la gorge. Des noisetiers tendaient leurs branches par-dessus la petite route poudreuse. Angelo resta une minute ainsi, ôta de son crâne son chapeau bosselé, regarda, dans la direction de l'ouest, la mer qui pâlissait bien vite et murmura sa prière du soir. Pour être plus précis, ses lèvres bougeaient bel et bien, mais les paroles qui partaient de son esprit perdaient toute signification et cédèrent bien vite la place à d'autres pour se terminer par un prénom qu'Angelo prononça à haute voix : Cristina ! Le mot à peine prononcé, toute la volonté du jeune homme se dissipa, la réalité s'envola, le rêve s'empara de lui, une deuxième fois, et l'entraîna à toute allure, sans détour, comme un homme qui marche dans son sommeil, plus bas, plus bas, dans l'étroit sentier, au milieu des ténèbres qui s'y rassemblaient. Et, pendant qu'elle se glissait derrière lui, Cristina lui murmurait à l'oreille d'étranges promesses tendres, qu'il n'aurait certes pas tout à fait comprises s'il avait été éveillé. Mais dans les circonstances présentes, les mots chuchotés étaient les plus beaux qu'il eût jamais entendus de toute sa vie. Elle l'embrassa aussi, mais pas sur la bouche. Il sentit son baiser appuyé sur sa gorge blanche et, par ce seul baiser, il sut que les lèvres étaient toujours écarlates. Ainsi se poursuivit le rêve sauvage, à travers le crépuscule, les ténèbres, la lueur laiteuse de la lune et toutes les douceurs d'une belle nuit d'été. A l'aube glacée, il se retrouva étendu sur le tertre, à moitié mort, certain et incertain, vidé de son sang et, pourtant, étrangement désireux de donner davantage à ces lèvres de rubis. Puis la peur l'assaillit, l'horrible panique sans nom, l'horreur mortelle qui veille sur les confins du monde invisible, que nous ne connaissons pas, mais que nous sentons quand, par hasard, la bise glacée qui en émane nous gèle les os et nous caresse les cheveux d'une main impalpable. Une fois de plus, Angelo bondit sur ses pieds, courut à travers la gorge dans la lueur du jour naissant, mais à présent ses pas étaient moins assurés, le souffle lui manquait et, quand il eut atteint le ruisselet qui coule à mi-colline, il se laissa tomber sur les genoux, plongea son visage dans l'eau fraîche et but à longs traits comme il n'avait jamais bu auparavant. Sa soif était une soif d'homme blessé qui avait saigné toute la nuit au milieu d'un champ de bataille.

Elle le tenait, à présent ; il ne pouvait plus lui échapper. Au contraire, chaque nuit, il allait la rejoindre, afin qu'elle le vidât de sa dernière goutte de sang. C'est en vain qu'une fois la journée terminée, il tentait d'éviter Cristina en choisissant d'autres sentiers, des détours, parfois, qui le mèneraient à son logis sans passer par la gorge. C'est en vain que, chaque matin, à l'aube, quand il s'éveillait, il s'assommait de promesses en suivant le sentier qui menait au village. En vain, en vain, en vain, car, une fois que le soleil entrait dans la mer comme un fer rougi dans l'eau froide, une fois que la fraîcheur de la nuit paraissait jaillir de nulle part pour apporter un peu de douceur à ce monde fatigué, ses pieds le ramenaient au sentier dangereux où elle l'attendait, dans l'ombre sombre des châtaigniers. Et tout recommençait : elle baisait sa gorge blanche, tout en l'étreignant d'un bras tendre. Le sang vint à manquer au jeune homme, alors qu'elle se révélait de plus en plus avide, de plus en plus assoiffée. Et, chaque jour, quand il s'éveillait aux premières heures de l'aurore, il ressentait de plus en plus de peine à grimper le sentier qui le conduisait au village ; quand il se rendait à son travail, il avait tout juste la force de lever les pieds et ses bras ne pouvaient presque plus manier le lourd sarcloir. Il ne parlait quasiment plus à personne, alors que tous parlaient de lui, jurant qu'il « se consumait » pour l'amour de cette fille grassouillette qu'il aurait dû épouser s'il n'avait pas perdu son héritage. Nul ne le plaignait : on se moquait de l'infortuné, ouvertement, car la région, quoi que vous pensiez, n'a rien de romantique. A cette époque, Antonio, le petit bonhomme qui s'occupe de la tour, ici, en mon absence, rentra d'une visite à sa famille, non loin de Salerne. Parti bien avant la mort d'Alario, il ignorait tout des étranges événements qui avaient suivi. Il m'a raconté qu'étant rentré tard dans la soirée, il s'était retiré dans la tour pour dîner et dormir afin d'oublier les fatigues du voyage. A minuit passé, il s'éveilla. Un quartier de lune brillait par-dessus le sommet de la colline. Il regarda dans la direction du tertre, vit quelque chose et ne dormit plus de tout le reste de la nuit. Quand il se leva, le lendemain, le soleil luisait et il ne restait rien à voir, sur le tertre, à part quelques pierres et du sable mou. Il n'osa pourtant se rendre jusque-là et descendit tout droit au village, plus précisément dans la maison du curé.

— J'ai vu de bien vilaines choses, cette nuit, annonça-t-il. J'ai vu comment une morte boit le sang d'un vivant. Et le sang, c'est la vie.

— Raconte-moi ce que tu as vu, répondit le prêtre.

Antonio obéit.

— Vous devez apporter votre livre et votre eau bénite, cette nuit, conclut-il. Au coucher du soleil, je serai prêt à vous accompagner. Et s'il plaît à Votre Éminence de dîner en ma compagnie jusqu'au bon moment, je me ferai un plaisir de tout préparer.

— Je reviendrai, répondit le prêtre. J'ai lu, dans de vieux livres, qu'existaient en effet des êtres étranges, ni morts ni vivants, qui gisent, intacts, dans leurs tombes et qui sortent, pendant la brune, pour goûter la vie et le sang.

Antonio ne savait pas lire, mais il ressentit un intense bonheur à comprendre que le prêtre croyait en ses paroles. Nul doute que le livre renfermât les meilleures méthodes pour apaiser à tout jamais une chose à moitié vivante.

Antonio reprit donc son travail, qui consiste essentiellement à rester assis dans la zone ombragée de la tour, quand il ne trône pas au sommet d'un rocher, somnolant sur une ligne qui ne prend jamais aucun poisson. Ce jour-là, cependant, il se risqua, deux fois, à jeter un coup d'œil sur la gorge, en plein soleil, et à tenter de découvrir quelque fissure qui permît à la Chose d'apparaître et de disparaître. Il ne découvrit rien. Lorsque le soleil commença à décliner et l'air d'apporter quelque fraîcheur, il sortit à la rencontre du prêtre, emportant un petit panier d'osier où ils déposèrent une bouteille d'eau bénite, un bassinet, un goupillon et l'étole dont le vieillard aurait besoin. Au bas de la tour, ils attendirent la venue de l'obscurité. Alors que la lumière agonisait, grise, faible, ils entrevirent deux silhouettes : un homme qui marchait et une femme qui glissait derrière lui. Celle-ci posa sa tête sur l'épaule de l'autre et l'embrassa dans le cou. Le prêtre m'a aussi raconté cette histoire et m'a juré que ses dents claquaient et qu'il avait dû serrer le bras d'Antonio. La vision passa, puis disparut dans l'ombre. Antonio empoigna un flacon de cuir plein d'une liqueur capiteuse qu'il réservait pour les grandes occasions et en avala une telle lampée qu'il eut l'impression de retrouver ses vingt ans. Il tendit au prêtre l'étole à enfiler, l'eau bénite à porter, et tous deux se rendirent vers l'endroit où s'était déroulée la pantomime. Antonio reconnut qu'en dépit de l'alcool, ses genoux s'entrechoquaient et que le prêtre bégayait des mots en latin. Lorsqu'ils furent arrivés à quelques mètres du tertre, la lueur tremblotante de la lanterne éclaira le visage d'Angelo, blanc comme cire, inconscient, comme s'il dormait ; sur sa gorge offerte, un mince filet de sang coulait et allait mourir dans le col de sa chemise. Mais la lanterne éclairait bien autre chose — un autre visage qui observait du haut de sa proie, deux yeux immenses et fixes qui voyaient encore, en dépit de la mort, des lèvres entrouvertes, écarlates, plus écarlates que dans la vie elle-même, deux dents éclatantes sur lesquelles brillait encore un liquide rouge. Alors le prêtre, rassemblant toutes ses forces, ferma les yeux et envoya devant lui un grand jet d'eau bénite ; sa voix brisée laissa échapper un grand cri. De son côté, Antonio, bien moins couard qu'on n'aurait pu s'y attendre, se précipita en avant, lanterne dans une main, pic haut dans l'autre, sans savoir ce que sa témérité pourrait lui coûter. Il jura à ce moment avoir entendu un cri de femme — et la Chose avait disparu. Angelo restait seul sur le tertre, inconscient, la gorge parcourue d'un trait rouge, le front dégouttant d'une sueur glacée. Ils le soulevèrent, à demi inconscient, et l'étendirent sur le sol. Puis Antonio se mit à l'œuvre, maladroitement aidé par le vieux prêtre. Ils creusèrent profond jusqu'à ce qu'Antonio pût se laisser tomber dans la tombe et en éclairer les parois avec sa lanterne.

Tout le monde au village connaissait ses beaux cheveux

noirs de charbon, à peine grisonnants aux tempes; moins d'un mois après cette nuit, ils étaient tout gris comme un blaireau. Il avait travaillé dans la mine, pendant sa jeunesse, et la plupart de ces gaillards rencontrent parfois d'étranges spectacles, quand, par hasard, ils déterrent un corps ou que se produit un accident. Pourtant, il jura n'avoir jamais vu ce qu'il découvrit cette nuit : cette Chose, ni vivante, ni morte, cette chose qui ne pouvait trouver la paix, ni dans l'ombre de la tombe, ni dans l'air pur. Antonio avait emporté un objet que le prêtre n'avait pas remarqué : un pieu de bois acéré qu'il avait taillé pendant tout l'après-midi, à partir d'une épave trouvée sur la plage. Il le tenait serré entre ses doigts, à présent, comme il tenait son pic et sa lanterne. Je doute qu'une puissance, sur cette terre, puisse l'obliger à raconter ce qui s'est passé ensuite et le vieux prêtre avait bien trop peur pour oser regarder. Il m'a raconté avoir entendu Antonio respirer comme un animal sauvage et s'agiter comme s'il luttait contre quelque chose de presque aussi puissant que lui. Il entendit aussi un son ignoble, à vomir, une monstrueuse déchirure, comme quand on enfonce violemment quelque chose dans de la chair et des os; et enfin monta le plus affreux de tout — un cri de femme, un cri inhumain jailli d'une gorge inhumaine, d'une femme ni morte ni vivante, bien qu'elle eût été enterrée depuis plusieurs jours. Et lui, l'infortuné prêtre effrayé, à genoux sur la terre, ne pouvait que se balancer d'avant en arrière et crier ses prières et ses exorcismes pour chercher à dominer ces sons de l'enfer. Puis, soudain, une petite caisse métallique alla rouler contre ses genoux et, un moment plus tard, Antonio se tenait devant lui, le visage plus blanc que suif, jetant pierres, terre et sable dans le trou, avec une hâte furieuse, à la lueur incertaine de la lanterne, jusqu'à ce que la tombe fût à moitié pleine. Le prêtre jura que les mains et les vêtements d'Antonio étaient rouges de sang.

Je suis parvenu à la fin de mon récit. Holger but les dernières gorgées de son vin et se cala au fond de son siège.

— Ainsi, Angelo retrouva sa fortune, poursuivit-il à ma place. A-t-il épousé la petite potelée qui l'avait méprisé ?

— Non : il avait eu trop peur. Il est parti pour l'Amérique du Sud et nul n'a plus jamais entendu parler de lui.

— Et le corps de cette infortunée créature se trouve toujours ici, je présume. Elle est bien morte, à présent — du moins, j'ose le croire.

— Je n'en sais rien. Je préfère le croire, moi aussi. Mais je n'aurais garde d'aller m'en assurer, même en plein soleil. Je vous rappelle que, depuis cette nuit, Antonio est plus gris qu'un blaireau. Il n'a d'ailleurs plus jamais été le même homme, par la suite.

vers 1880

Titre original :
For the Blood is the Life

Traduit de l'américain
par Jacques Finné

© Jacques Finné, 1987 pour la traduction française

Bram STOKER

L'INVITÉ DE DRACULA

Quand nous partîmes pour notre promenade, le soleil brillait avec éclat au-dessus de Munich et l'air s'emplissait de la joie d'un début d'été. A l'instant même de notre départ, Herr Delbrück (le maître d'hôtel des *Quatre-Saisons* où je m'étais installé) descendit, nu-tête, à la calèche, et, après m'avoir souhaité une bonne promenade, dit au cocher, tout en laissant sa main sur la poignée de la voiture :

— N'oubliez pas ! Soyez de retour à la tombée de la nuit ! Le ciel paraît bien dégagé, mais il y a un frémissement dans le vent du nord qui signifie parfois l'arrivée soudaine d'une tempête. Mais je suis sûr que vous ne rentrerez pas tard. (En disant cela, il sourit et ajouta :) Puisque vous savez de quelle nuit il s'agit.

Johann répondit par un emphatique « *Ja, mein Herr* », et, touchant son chapeau, s'élança vivement. Quand nous fûmes hors de la ville, je dis, après lui avoir fait signe de s'arrêter :

— Dites-moi, Johann, de quelle nuit s'agit-il ?

Il se signa en répondant laconiquement : « *Walpurgis Nacht !* » Et il sortit sa montre, un grand objet désuet, allemand, en argent, aussi gros qu'un navet, et se mit à la regarder, sourcils froncés, avec un petit haussement impatient des épaules. Je compris que c'était sa façon à lui de protester respectueusement contre ce retard inutile, me radossai, et d'un geste bref lui fis signe de continuer. Il repartit à vive allure comme s'il voulait rattraper le temps perdu. De temps à autre, les chevaux semblaient redresser la tête et renifler l'air avec suspicion. Alors, alarmé, je regardais autour de moi. La route était assez désolée parce que nous traversions une sorte de haut plateau balayé par le vent. Tandis que nous roulions, j'aperçus une route qui avait l'air peu fréquentée et qui semblait descendre en suivant une vallée étroite et sinueuse. Elle me parut si attirante que, même au risque de l'offenser, je criai à Johann d'arrêter la voiture, et, après qu'il eut stoppé, je lui dis que je voulais descendre par cette route. Il refusa en présentant toutes sortes de raisons et se signa à plusieurs reprises en parlant. Une telle attitude piqua quelque peu ma curiosité, et je lui posai diverses questions. Il les éluda et, plusieurs fois, regarda sa montre en signe de protestation. Je finis par dire :

— Eh bien ! Johann, je veux prendre cette route. Je ne vous demande pas de venir avec moi, à moins que vous ne le désiriez ; mais dites-moi alors pourquoi vous ne voulez pas m'accompagner, c'est tout ce que je vous demande.

En guise de réponse, il parut se jeter hors de son siège, tellement il fut vite à terre. Alors, il tendit ses mains vers moi en signe de supplication, et m'implora de ne pas prendre cette route. Il y avait tout juste assez d'anglais mélangé à l'allemand dans ses paroles pour que je puisse en comprendre à peu près le sens. Toujours, il semblait sur le point de me dire quelque chose dont l'idée même, de toute évidence, l'effrayait ; et chaque fois il s'arrêtait court, disant, tout en se signant : « *Walpurgis Nacht !* »

Je tentai de le raisonner, mais il est difficile de raisonner avec un homme quand on ne connaît pas sa langue. Il conservait un certain avantage parce que, même s'il commençait à parler dans un anglais approximatif et grossier, il s'énervait et toujours reprenait dans sa langue natale — et chaque fois, il regardait sa montre. A ce moment, les chevaux devinrent nerveux et humèrent l'air. Cela le fit pâlir et, regardant autour de lui d'une façon effrayée, il se jeta d'un saut en avant, saisit les bêtes par les brides et les conduisit une vingtaine de pas plus loin. Je le suivis et lui demandai pourquoi il avait fait cela. Il se signa en guise de réponse, désigna l'endroit que nous venions de quitter, tira la voiture dans la direction de l'autre route, montra une croix et dit d'abord en allemand puis en anglais : « L'ont enterré — celui qui se sont tués. »

Je me rappelai la vieille coutume d'enterrer les suicidés aux carrefours : « Ah ! Je vois ! Un suicide ! Comme c'est intéressant ! » Mais, quand bien même il en irait de ma vie, je ne parvenais pas à deviner pourquoi les chevaux étaient effrayés.

Tandis que nous parlions, nous perçûmes une sorte de bruit qui tenait du jappement et de l'aboiement. C'était au loin ; mais les chevaux devinrent très nerveux et il fallut à Johann un bon moment pour les calmer. Il était pâle et dit :

— On dirait un loup — mais il n'y a pas de loup par ici, en ce moment.

— Non ? dis-je en le questionnant ; n'y a-t-il pas bien longtemps que les loups ne viennent pas si près de la ville ?

— Longtemps, longtemps, répondit-il, au printemps et en été ; mais avec la neige, les loups ont été par ici, pas si longtemps.

Comme il caressait les chevaux et tentait de les calmer, des nuages sombres traversèrent rapidement l'étendue du ciel. La clarté du soleil s'évanouit et un souffle d'air froid sembla flotter autour de nous. Mais ce n'était qu'un souffle, et plus un avertissement que la réalité parce que le soleil perça à nouveau. Sous sa main en visière tendue vers l'horizon, Johann scruta le ciel et dit :

— La tempête de neige, il viendra avant longtemps.

Puis il regarda de nouveau son gousset et aussitôt tint fermement les rênes, les chevaux continuant toujours nerveusement de piaffer et de secouer leur tête ; et il remonta sur son siège comme si c'était le moment de poursuivre notre voyage.

Un peu obstiné, je ne voulus pas monter tout de suite dans la voiture.

— Dites-moi quelque chose, ajoutai-je, sur cet endroit où conduit cette route, et je pointai un doigt dans la direction de la vallée.

Il se signa une nouvelle fois et murmura une prière avant de répondre :

— C'est impie.
— Qu'est-ce qui est impie ? le questionnai-je.
— Le village.
— Alors, il y a un village ?
— Non, non. Personne n'y vit des centaines d'années.

Ma curiosité fut piquée :

— Mais vous avez dit qu'il y a un village ?
— Il y avait.
— Où est-il, maintenant ?

Alors, il se lança dans une longue histoire en allemand et en anglais, les deux langues tellement entremêlées que je ne parvins pas à comprendre exactement ce qu'il disait, mais je saisis plus ou moins que, il y a longtemps, des centaines d'années auparavant, des hommes étaient morts là-bas et avaient été enterrés dans des tombes ; et on avait entendu des bruits sous l'argile, et quand les tombes furent ouvertes, des hommes et des femmes furent trouvés le visage rose de vie, et leurs bouches rouges de sang. Et alors, dans la hâte de sauver leur vie (oui ! et leur âme ! — et alors, il se signa), les villageois qui étaient restés au village s'enfuirent vers d'autres lieux où les vivants vivaient et les morts étaient morts et pas... pas quelque chose d'autre. Il avait évidemment peur de prononcer ces dernières paroles. A mesure qu'il avançait dans son récit, la frayeur le gagnait. On aurait dit que son imagination le prenait sous son emprise et il acheva dans un total accès de terreur — le visage blême, trempé de sueur, tremblant et regardant autour de lui comme s'il s'attendait qu'une quelconque présence terrifiante se manifestât là, dans l'éclat de la lumière brillant sur l'étendue de la plaine. Enfin, dans un accès de désespoir, il cria :

— *Walpurgis Nacht!* et il désigna la calèche dans laquelle je devais monter.

Tout mon sang anglais ne fit alors qu'un tour, et, demeurant en retrait, je lui dis :

— Vous avez peur, Johann, vous avez peur. Retournez chez vous, je rentrerai seul ; la marche me fera du bien.

La portière de la calèche était ouverte. Je pris sur le siège ma canne en chêne que j'emporte toujours dans mes excursions de vacances, fermai la portière, montrai Munich derrière nous, et dis :

— Rentrez chez vous, Johann, « *Walpurgis Nacht* » ne concerne pas les Anglais.

Les chevaux étaient maintenant plus nerveux que jamais, et Johann tentait de les retenir, tout en m'implorant nerveusement de ne pas faire une pareille folie. J'avais pitié du pauvre homme, il était si profondément sincère ; mais en même temps, je ne pouvais m'empêcher de rire. Il n'utilisait plus maintenant un seul mot d'anglais. Dans son anxiété, il avait oublié que le seul moyen de se faire comprendre était d'utiliser ma langue, mais il continuait à baragouiner son allemand natal. Cela commençait à être un peu ennuyeux. Après lui avoir indiqué la direction : « A la maison ! » je me retournai pour prendre la route partant du carrefour vers la vallée.

Johann, avec un geste désespéré, fit faire demi-tour à ses chevaux dans la direction de Munich. Je m'appuyai sur ma canne et le regardai partir. Pendant un moment, il avança lentement sur la route ; alors apparut sur la crête de la colline un homme grand et mince. C'est au moins ce que je pus voir, en dépit de la distance. Quand l'homme fut près des chevaux, ceux-ci commencèrent à sursauter et à ruer, puis à hennir de terreur. Johann ne put les maîtriser ; ils s'élancèrent et dévalèrent la route dans une course folle. Je les suivis du regard jusqu'à ce que je les eusse perdus de vue, puis cherchai des yeux l'étranger, mais je me rendis compte que lui aussi avait disparu.

Le cœur léger, je me retournai pour suivre l'autre route qui descendait en s'enfonçant à travers la vallée, et que Johann n'avait pas voulu emprunter. Je ne voyais nulle raison qui pût justifier son refus de m'accompagner ; et je dus marcher pendant environ deux heures sans songer ni au temps qui passait ni à la distance, et certainement sans voir ni personne ni maison. Pour ce qui était de l'endroit, c'était la désolation même. Mais je ne fis pas particulièrement attention à cela jusqu'au moment où, suivant un virage de la route, j'aboutis à la lisière d'un bois clairsemé ; alors, je m'aperçus que, bien que je n'en eusse pas eu conscience, j'avais été impressionné par l'aspect désolé de la région par laquelle je venais de passer.

Je m'assis pour me reposer, et commençai à regarder aux alentours. Je fus frappé par le fait qu'il faisait bien plus froid qu'au début de ma promenade — une sorte de léger bruit comme un soupir semblait m'entourer, accompagné, plus en hauteur, d'une sorte de grondement assourdi. Levant la tête, je vis que de gros nuages épais traversaient avec rapidité le ciel du nord vers le sud, à grande altitude. Dans le ciel, à une certaine hauteur, se montraient les signes annonciateurs d'une tempête qui s'approchait. J'avais un peu froid et, pensant que c'était le fait de rester assis après l'exercice de la marche, je repris ma route.

Le paysage que j'étais en train de traverser maintenant était beaucoup plus pittoresque. Il n'y avait rien de particulier qui pût frapper l'œil ; mais dans l'ensemble il y avait le charme de la beauté. Je faisais quelque peu attention à l'heure et ce fut seulement lorsque le crépuscule tomba que je m'inquiétai et commençai à réfléchir comment je pourrais retrouver mon chemin pour le retour. La lumière du jour était tombée, l'air était froid et le passage des nuages à grande altitude s'accentuait. Ils étaient accompagnés d'une sorte de bruit lointain et précipité, à travers lequel semblait venir, par intervalles, ce cri mystérieux que le cocher avait dit être celui d'un loup. Un instant, j'hésitai. Mais j'avais dit que j'irais voir le village abandonné, aussi je continuai et peu après je débouchai sur une large étendue de terre nue et encerclée de collines. Les flancs de celles-ci étaient couverts d'arbres qui descendaient jusqu'à la plaine, formant des bosquets sur les déclinaisons et les dépressions plus douces qui se montraient ici et là. Je suivis du regard la route en lacet et vis qu'elle décrivait un virage près de l'un des bosquets les plus épais, pour se perdre derrière lui.

Tandis que je regardais, l'air s'emplit d'un frémissement froid et la neige commença à tomber. Je songeai aux kilomètres et aux kilomètres de paysage désert que j'avais déjà parcourus, aussi je hâtai le pas pour me mettre à l'abri sous le bois qui était devant moi. Le ciel devenait de plus en plus sombre ; et de plus en plus rapide et de plus en plus épaisse tombait la neige, la terre, devant et autour de moi, finissant par devenir un blanc tapis étincelant dont le bord le plus éloigné se perdait dans une indistincte uniformité. On ne voyait presque plus la route, surtout quand, sur la terre plate, ses limites n'étaient pas marquées comme elles l'étaient lorsque la route devenait une voie encaissée, et après un certain temps je me rendis compte que je devais l'avoir quittée parce que sous mes pieds je ne sentais pas sa surface dure, ceux-ci s'enfonçant plus profondément dans l'herbe et la mousse. Le vent, alors, devint de plus en plus insistant, et se mit à souffler avec une force de plus en plus grande, si bien que je dus courir devant lui. L'air devint glacial et, en dépit de mon exercice, je commençai à souffrir. La neige tombait maintenant avec une telle épaisseur et tourbillonnait autour de moi en remous si rapides que je pouvais difficilement garder les yeux ouverts. Par moments, le ciel était déchiré par un éclair fulgurant et, au milieu des éclairs, je pouvais voir devant moi une grande masse d'arbres, pour la plupart des ifs et des cyprès, tous lourdement enrobés de neige.

Je fus bientôt à l'abri sous les arbres, et là, dans un silence relatif, je pus entendre l'impétuosité du vent bien au-dessus de moi. Bientôt, l'obscurité de la tempête se fondit dans les ténèbres de la nuit. La tempête parut s'éloigner après un certain temps : maintenant, elle ne soufflait que par bouffées ou en explosions féroces. En de tels moments, le cri surnaturel du loup semblait trouver un écho dans divers bruits similaires, autour de moi.

De temps en temps, à travers la masse noire des nuages flottants, perçait un rayon égaré du clair de lune qui éclairait la plaine et me montrait que j'étais à la lisière de la masse dense des cyprès et du bois d'ifs. Comme la neige avait cessé de tomber, je sortis de mon abri et commençai à regarder avec une plus grande attention. Il me sembla que parmi les nombreuses fondations anciennes que j'avais dépassées, une maison pouvait être encore debout, dans laquelle, bien qu'en ruine, je pourrais trouver, un temps, un semblant d'abri. En faisant le tour du bosquet, je découvris qu'un mur bas l'encerclait, et, le contournant, je découvris bientôt une ouverture. A cet endroit, les cyprès formaient une allée qui conduisait jusqu'à la masse carrée d'une sorte d'édifice. Mais juste au moment où je m'en rendis compte, les nuages qui passaient obscurcirent la lune et c'est dans l'obscurité que je suivis le sentier. Le vent avait dû fraîchir tant je me sentis frissonner en marchant ; mais, mû par l'espoir de trouver un abri, je continuai aveuglément mon chemin en tâtonnant.

Je m'arrêtai à la faveur d'une accalmie soudaine. La tempête était tombée, et s'accordant peut-être avec le silence de la nature, mon cœur sembla cesser de battre. Mais pour un instant seulement parce que, brusquement, le clair de lune perça les nuages, me permettant de voir que j'étais dans un cimetière, et de me rendre compte que la bâtisse carrée devant moi était un énorme caveau massif en marbre, aussi blanc que la neige qui le couvrait et l'entourait. Accompagnant le clair de lune, la tempête souffla avec un gémissement féroce, semblant reprendre sa course dans un hurlement long et bas, comme font souvent les chiens et les loups. J'étais tremblant et effrayé et sentis le froid me transpercer imperceptiblement jusqu'à ce qu'il me parût qu'il m'étreignait le cœur. Alors, comme la lumière de la lune éclairait toujours le caveau de marbre, la tempête donna des signes de renouveau, comme si elle revenait sur ses traces. Attiré par une sorte de fascination, je m'approchai de la sépulture pour savoir ce qu'elle était et pourquoi une telle bâtisse se trouvait isolée dans un tel endroit. J'en fis le tour et lus, au-dessus du portail dorique, l'inscription en allemand :

Comtesse Dolingen de Gratz
en Styrie
Chercha et trouva la mort
1801.

Sur la dalle du caveau, apparemment enfoncé dans le marbre solide — le couvercle se composant de quelques grands blocs de pierre —, se dressait un grand pieu de fer, ou une broche. Me rendant vers la partie arrière du caveau, je vis, gravé en grandes lettres cyrilliques :

Les morts voyagent vite.

Il y avait quelque chose de si étrange et de si bizarre dans tout cela que je me sentis troublé et presque sur le point de défaillir. Pour la première fois, je commençai à regretter de ne pas avoir suivi le conseil de Johann. A cet instant, dans des circonstances presque mystérieuses, et avec un choc affreux, une pensée me frappa. C'était la Nuit de Walpurgis !

La Nuit de Walpurgis, au cours de laquelle, selon la croyance populaire, le diable se promenait quand les tombes étaient ouvertes et que les morts sortaient et erraient. Quand toutes les choses malfaisantes de la terre et de l'air et de l'eau faisaient fête. C'était cet endroit même que le cocher avait précisément évité. Ce village était celui qui était dépeuplé depuis des siècles. C'était l'endroit où le suicidé reposait ; et cet endroit était l'endroit où j'étais seul, sans compagnie, frissonnant de froid dans un linceul de neige et avec la tempête sauvage qui de nouveau se formait autour de moi ! Il me fallut toute ma philosophie, toute la religion que l'on m'avait enseignée, tout mon courage pour ne pas m'effondrer sous le poids d'une terrible frayeur.

Et en cet instant une vraie tornade éclata sur moi. Le sol trembla comme si des milliers de chevaux grondaient sur lui ; mais cette fois, la tempête portait sur ses ailes glacées non pas la neige, mais d'énormes grêlons qui couraient avec une telle violence qu'ils auraient pu venir des lanières des lanceurs de pierres des Baléares — grêlons qui s'abattirent sur les feuilles et les branches, et qui rendirent l'abri des cyprès aussi peu utile que si leurs branches étaient des épis de blé. D'abord, je me précipitai vers l'arbre le plus proche ; mais je fus bientôt obligé de le quitter, et cherchai l'abri du seul endroit qui semblait offrir un refuge, le profond portail dorique du caveau de marbre. Là, accroupi contre la porte massive de bronze, je profitai d'une relative protection contre la pluie de grêlons, parce que, maintenant, ils ne m'atteignaient qu'en ricochant contre le sol et les parois de marbre.

Comme je m'appuyais contre le portail, celui-ci bougea légèrement et s'ouvrit vers l'intérieur. L'abri, même d'une tombe, était bienvenu dans cette tempête impitoyable et j'étais sur le point d'y entrer quand vint un éclair en zigzag qui illumina l'étendue entière du ciel. En cet instant, je vis, foi d'homme vivant, mes yeux étant tournés à cet instant vers la masse sombre de la tombe, une femme magnifique aux joues rondes et aux lèvres rouges, et reposant, apparemment endormie, sur un catafalque. Alors que le tonnerre éclatait au-dessus du tombeau, je fus agrippé comme par une main de géant, et jeté à l'extérieur dans la tempête. Tout cela fut si rapide que, avant même que je pusse me rendre compte du choc autant physique que moral, je sentis les grêlons s'abattre sur moi. Au même moment, j'eus le sentiment étrange et persistant que je n'étais pas seul. Je regardai dans la direction de la tombe. Juste alors jaillit un autre éclair aveuglant qui sembla frapper le pieu en fer surmontant le caveau, et traverser la terre en faisant éclater et s'effriter le marbre comme sous l'effet du jaillissement d'une flamme. La femme morte se redressa dans un moment d'agonie, pendant lequel elle fut léchée par la flamme, et le cri douloureux de souffrance qu'elle jeta fut couvert par le coup de tonnerre. La dernière chose que j'entendis fut ce mélange de bruits affreux, alors que, de nouveau, j'étais saisi par l'étreinte gigantesque et tiré vers l'extérieur, tandis que des grêlons s'abattaient sur moi et que l'air, autour de moi, semblait répercuter le hurlement des loups. La dernière chose que je me rappelai avoir vue fut une masse mouvante, vague et blanche, comme si toutes les tombes autour de moi avaient rejeté les fantômes de leurs morts drapés dans leurs linceuls, et que ceux-ci étaient en train de m'encercler dans la nuée blanche des grêlons qui s'abattaient.

Peu à peu survint en moi une sorte de vague début de conscience ; puis se produisit un sentiment pénible de grande fatigue. Pendant un moment, je ne me souvins de rien ; mais je retrouvai lentement mes sens. Mes pieds semblaient transis de douleur, mais je n'arrivais pas à les faire bouger. Ils semblaient sans vie. Je ressentais une sensation glaciale derrière le cou et tout le long de l'échine, et mes oreilles comme mes pieds étaient sans vie, mais cependant provoquaient une grande douleur ; mais dans ma poitrine, il y avait une sensation de chaleur qui, en comparaison, était délicieuse. C'était comme un cauchemar — un cauchemar physique, si l'on peut employer une telle expression —, parce qu'une sorte de lourd poids sur ma poitrine rendait ma respiration difficile.

Cette période de semi-léthargie me parut durer un bon moment et, quand elle disparut, je dus m'endormir ou m'évanouir. Puis, une sorte de dégoût me saisit, comme le premier signe du mal de mer, et le désir fou d'être libéré de quelque chose — je ne savais pas de quoi. Un grand calme m'enveloppa, comme si le monde entier était endormi ou mort, troublé seulement par le halètement sourd de quelque animal près de moi. Je sentis sur ma gorge un contact râpeux et chaud, puis, soudain, j'eus conscience de l'affreuse vérité qui me glaça jusqu'au cœur et propulsa mon sang jusqu'à mon cerveau. Quelque grand animal était allongé sur moi maintenant et me léchait la gorge. Je craignais de bouger, une sorte d'instinct de prudence me disant de rester tranquille ; mais la brute semblait se rendre compte qu'il y avait quelque changement en moi parce qu'elle souleva la tête. A travers mes cils, je vis au-dessus de moi les deux grands yeux étincelants d'un gigantesque loup. Ses dents aiguisées et blanches luisaient dans sa bouche rouge et béante, et je pus sentir sur moi la chaleur de son souffle féroce et aigre.

Je ne me souvins de rien pendant le laps de temps qui suivit. Puis j'eus conscience d'un grognement sourd, suivi d'un glapissement, répété une fois, puis une fois encore. Alors, venu apparemment de très loin, j'entendis un « Holà ! Holà ! » partant de voix appelant à l'unisson. Je redressai la tête avec précaution et regardai dans la direction d'où venait le bruit, mais le cimetière me bouchait la vue. Le loup continuait de glapir d'une façon étrange, et une lumière rouge commença à se déplacer autour du bosquet de cyprès comme si elle était guidée par le bruit. Quand les voix se rapprochèrent, le loup glapit plus vite et plus fort. Je craignais de faire du bruit ou un geste. La lumière rouge se rapprochait de plus en plus au-dessus du linceul blanc, qui s'étendait jusque dans l'obscurité autour de moi. Puis, tout à coup, de derrière les arbres, surgit au trot une compagnie de cavaliers portant des torches. Le loup se leva de ma poitrine et partit vers le cimetière. Je vis l'un des cavaliers (des soldats, à en juger d'après leurs bonnets et leurs longues capes militaires) lever sa carabine et viser. L'un de ses compagnons fit dévier son bras en l'air, et j'entendis la balle siffler au-dessus de ma tête. Le premier soldat avait évidemment pris mon corps pour celui d'un loup. Un troisième soldat aperçut l'animal alors que celui-ci se faufilait, et un coup partit. Alors, la troupe s'élança au galop, un certain nombre de cavaliers dans ma direction, d'autres vers le loup qui était en train de disparaître parmi les cyprès habillés de neige.

J'essayai de bouger, tandis qu'ils s'approchaient, mais j'étais sans force, bien que je pusse voir et entendre tout ce qui se passait autour de moi. Deux ou trois soldats sautèrent à terre et s'agenouillèrent près de moi. L'un d'eux souleva ma tête et plaça une main sur mon cœur.

— Bonne nouvelle, camarades ! cria-t-il, son cœur bat toujours !

Du cognac fut versé dans ma gorge ; celui-ci me ragaillardit et je pus ouvrir complètement les yeux et regarder autour de moi. Des lumières et des ombres se déplaçaient entre les arbres et j'entendis les hommes s'interpeller. Ils se rassemblèrent en poussant des exclamations apeurées ; et les lumières fusaient tandis que d'autres soldats se jetaient hors du cimetière, pêle-mêle, comme des possédés. Quand les soldats les plus éloignés s'approchèrent de nous, ceux qui s'étaient rassemblés autour de moi demandèrent avec empressement :
— Alors ? Vous l'avez trouvé ?
La réponse fusa précipitamment :
— Non, non ! Partons vite ! Vite ! On ne peut pas rester dans un endroit pareil, et surtout pas cette nuit !
— Qu'est-ce que c'était ? (La question fut posée sur tous les tons.)
Les réponses étaient différentes, et toutes étaient vagues, comme si les hommes avaient envie, d'une façon générale, de parler, mais que tous étaient retenus par une sorte de peur commune de faire connaître leurs pensées.
— C'est... C'est... Bien sûr ! balbutia l'un des hommes dont la raison venait visiblement de céder.
— Un loup ! Non, pas encore un loup ! ajouta un autre en tremblant.
— Inutile d'essayer de l'avoir sans la balle sacrée, remarqua d'une façon plus naturelle un troisième.
— Ce ne serait que mérité, en sortant par une nuit pareille ! Vraiment, on les a gagnés, nos mille marks ! s'exclama un quatrième.
— Il y avait du sang sur le marbre fissuré, dit un autre soldat, après un instant. Ce n'est pas la foudre qui l'a apporté là-bas. Et lui ? Il est hors de danger ? Regardez sa gorge ! Voyez, camarades ! Le loup était allongé sur lui et a tenu son sang au chaud !
L'officier regarda ma gorge et dit :
— Ça va ; la peau n'est pas transpercée. Que signifie tout ceci ? On ne l'aurait jamais trouvé sans les glapissements du loup !
— Qu'est-il devenu ? demanda l'homme qui me tenait la tête et qui semblait le moins gagné par la panique parce que ses mains étaient fermes et ne tremblaient pas.
Sur sa manche était cousu le chevron de second maître.
— Il est rentré chez lui, répondit l'homme dont le long

visage était blême, et qui, en effet, tremblait de peur tandis qu'il jetait des coups d'œil craintifs autour de lui. Il y a assez de tombes, là-bas, où il pourrait se coucher. Venez, camarades, venez vite! Quittons cet endroit damné!

L'officier me releva et me mit en position assise tout en lançant un ordre; puis plusieurs hommes me placèrent sur un cheval. L'officier sauta sur la selle derrière moi, me prit dans ses bras et jeta l'ordre d'avancer; et, détournant nos yeux des cyprès, nous partîmes d'un pas rapide et en ordre militaire.

Jusqu'à présent, ma langue refusait toute fonction, et j'étais de ce fait silencieux. Je dus m'endormir parce que la première chose dont je me souvins, ce fut d'être debout, soutenu de chaque côté par un soldat. Il faisait presque jour, et au nord, un rayon rouge du soleil était reflété comme un sentier de sang sur la plaine de neige. L'officier était en train de dire à ses hommes de ne rien raconter de ce qu'ils avaient vu, mis à part qu'ils avaient trouvé un étranger anglais gardé par un gros chien.

— ... Chien! Ce n'était pas un chien! coupa l'homme qui avait montré tant de frayeur. Je sais reconnaître un loup quand j'en vois un!

Le jeune officier répondit calmement :
— J'ai dit un chien.
— Un chien! réitéra l'autre, ironiquement. (Il était clair que son courage augmentait avec le lever du soleil et me désignant du doigt, il dit :) Regardez sa gorge. C'est ça le travail d'un chien, capitaine?

Je portai instinctivement la main à ma gorge et, en la touchant, je criai de douleur. Les hommes se pressèrent autour de moi pour regarder, quelques-uns s'inclinant sur leur selle; et de nouveau, la voix calme du jeune officier s'éleva :

— Un chien! comme je viens de le dire! Si l'on racontait quelque chose d'autre, on se moquerait de nous!

On me fit monter derrière un homme de la troupe, et nous continuâmes jusqu'aux faubourgs de Munich. Là, nous tombâmes sur une calèche inutilisée, dans laquelle on me plaça, et que l'on conduisit jusqu'aux *Quatre-Saisons*, le jeune officier m'accompagnant tandis qu'un soldat suivait avec son cheval et que les autres partaient pour leur caserne.

Quand nous fûmes arrivés, Herr Delbrück se précipita si rapidement en bas du perron pour m'accueillir qu'il était évident qu'il s'était posté derrière une fenêtre pour attendre mon arrivée. Me prenant avec sollicitude par les deux mains, il me conduisit à l'intérieur de l'auberge. L'officier me salua, et quand je me rendis compte qu'il faisait demi-tour pour s'en aller, je le priai avec insistance de monter dans mon appartement. Devant un verre de vin, je le remerciai chaudement, lui et ses courageux camarades, pour m'avoir sauvé la vie. Il me répondit simplement qu'il était plus qu'heureux, et que Herr Delbrück avait pris, dès le début, toutes les mesures pour faciliter la tâche de tous les soldats partis à ma recherche; le maître d'hôtel sourit à ces mots ambigus, et l'officier s'excusa de devoir partir pour son service, et il se retira.

— Mais, Herr Delbrück, m'enquis-je, comment et pourquoi se fait-il que les soldats soient partis à ma recherche?

Il haussa les épaules comme s'il voulait déprécier la portée de son acte, tout en répondant :

— J'ai eu la chance d'obtenir la permission, du commandant du régiment où j'ai servi, de demander des volontaires.

— Mais comment saviez-vous que j'étais perdu? demandai-je.

— Le cocher est arrivé ici avec les débris de sa calèche qui s'est retournée quand les chevaux se sont enfuis.

— Mais vous n'auriez sûrement pas envoyé une troupe de soldats à ma recherche simplement pour cette raison?

— Oh! Non! répondit-il; mais avant même l'arrivée du cocher, j'ai reçu ce télégramme du boyard dont vous êtes l'invité — et il prit dans sa poche un télégramme qu'il me tendit, et je lus :

Bistritz
Prenez soin de mon invité — sa sécurité m'est très précieuse. Si quelque chose lui arrive, ou s'il disparaît, n'épargnez rien pour le retrouver et pour assurer sa sécurité. C'est un Anglais, il est donc aventureux. La neige et les loups font souvent courir des dangers la nuit. Ne perdez pas une minute si vous croyez qu'il est en danger. Je réponds à votre zèle par ma fortune. — Dracula...

Tandis que j'avais le télégramme dans ma main, la pièce parut tournoyer autour de moi; et si le maître d'hôtel attentif ne m'avait pas retenu, je crois que je serais tombé. Il y avait quelque chose de si étrange dans tout cela, quelque chose de si bizarre et si impossible à imaginer, que se mit à croître en moi le sentiment d'être, d'une façon indéfinissable, l'objet de forces opposées — dont l'idée, même vague, semblait être en train de me paralyser. J'étais sûrement sous quelque forme de mystérieuse protection. D'un pays lointain était arrivé, juste au moment où il le fallait, un message qui m'avait sorti du piège du sommeil de la neige, et des mâchoires de la gueule du loup.

1897

Titre original :
Dracula's Guest

Traduit de l'anglais
par Jean-Pierre Krémer

© U.G.E. 10/18, 1992 pour la traduction française

Claude Askew

AYLMER VANCE ET LE VAMPIRE

Aylmer Vance possédait un appartement dans Dover Street, à Piccadilly. Puisque j'avais décidé de le suivre dans ses recherches occultes et accepté qu'il devînt mon professeur, je trouvais plus simple de loger au même endroit. Il naquit bientôt entre nous une amitié sincère. Vance m'enseigna le moyen de développer les facultés de voyance que je possédais sans le savoir. Et je dois dire qu'elles se révélèrent efficaces en plusieurs occasions importantes.

De diverses manières, j'essayai de me rendre utile. L'une d'elle, qui n'était pas la moins ardue, fut de consigner par écrit les étranges et multiples aventures de Vance. Pour lui-même, jamais il ne fit grand cas de la notoriété, et je mis un certain temps avant de le convaincre, dans l'intérêt supérieur de la science, de me laisser divulguer le récit détaillé de ses expériences.

Les incidents que je vais maintenant évoquer advinrent très peu de temps après notre installation commune, alors que je n'étais encore, pour ainsi dire, qu'un novice.

Il était à peu près dix heures du matin quand un visiteur se fit annoncer. Sur la carte qu'il nous présenta, on lisait le nom de Paul Davenant.

Ce nom m'était familier et je me demandai s'il pouvait s'agir de Mr. Davenant, joueur émérite de polo et cavalier talentueux, en particulier dans les courses d'obstacles. C'était un garçon fortuné, de bonne famille, et je me souvins qu'il avait épousé environ un an auparavant une jeune fille considérée comme la plus belle de la Saison. Tous les journaux illustrés avaient publié un portrait des époux, et je me rappelais y avoir remarqué quel joli couple ils formaient.

Mr. Davenant fut introduit dans le salon. D'abord je doutai qu'il s'agît du même homme tellement son teint blême et cireux révélait un état maladif. Le jeune marié à la silhouette droite et élancée avait maintenant les épaules voûtées, un pas traînant, et son visage anémié, aux lèvres exsangues, affichait une pâleur alarmante.

C'était pourtant bien le même homme. Je parvenais encore à distinguer l'ombre de la beauté qui autrefois caractérisait Paul Davenant.

Après que les civilités d'usage eurent été échangées, il s'assit sur le siège que lui indiquait Aylmer et jeta un regard hésitant dans ma direction.

— Je souhaiterais vous consulter en privé, Mr. Vance. Le sujet est d'une importance considérable et, si j'ose dire, d'une nature un peu délicate.

Bien sûr, je me levai aussitôt afin de me retirer, mais Vance me retint en posant la main sur mon bras.

— Si votre problème est directement lié à mon champ de recherches, Mr. Davenant, ou si vous souhaitez que j'entreprenne quelque investigation en votre nom, je serais heureux que Mr. Dexter puisse partager vos confidences. Mr. Dexter m'assiste dans mon travail. Mais si, bien sûr...

— Non, non, l'interrompit alors Davenant. Si tel est le cas, que Mr. Dexter veuille bien rester. Je pense, ajouta-t-il avec un regard amical, que vous avez été à Oxford, n'est-ce pas, Mr. Dexter? C'était avant que moi-même j'y étudie, mais on y entend encore prononcer votre nom à propos d'aviron. Vous avez ramé à Henley, si je ne m'abuse?

J'avoue qu'une agréable sensation de fierté m'envahit à l'évocation de ce fait. L'aviron était ma passion à cette époque, et les prouesses d'un homme à l'école ou à l'Université restent à jamais chères à son cœur.

Nos relations devinrent immédiatement plus chaleureuses et Paul Davenant entama son récit.

Il commença par attirer notre attention sur son apparence physique.

— Si vous m'aviez rencontré il y a un an, il vous serait impossible de me reconnaître. Je perds du poids régulièrement depuis six mois. Je suis arrivé d'Écosse, il y a une semaine environ, pour consulter un médecin londonien. En fait, j'en ai vu deux et, malgré leur longue délibération sur mon cas, le résultat est loin d'être satisfaisant. Ils ne semblent pas savoir ce dont je souffre.

— De l'anémie? Le cœur, peut-être? suggéra Vance. (Il scrutait son visiteur intensément, sans pourtant qu'on pût le remarquer.) Je crois savoir qu'il n'est pas rare que des athlètes comme vous se surmènent et soumettent leur cœur à un trop grand effort.

— Mon cœur est robuste, répondit Davenant. Mon cœur est parfaitement sain. Le problème semble venir du fait qu'il n'a pas assez de sang à pomper dans mes veines. Les médecins m'ont demandé si j'avais eu un accident suivi d'une perte de sang importante. Mais ce n'est pas le cas. En fait, je n'ai pas eu le moindre accident. Il en est de même pour l'anémie. Je n'en présente aucun des symptômes ordinaires. Ce qui semble inexplicable, c'est que je perds du sang sans le savoir et apparemment depuis un certain temps, puisque mon état empire régulièrement. C'était, au début, quasiment imperceptible — non pas un effondrement soudain, voyez-vous, mais une aggravation progressive de mon état.

— Je me demande, remarqua Vance en pesant ses mots, ce qui vous a conduit à vous adresser à moi? Car vous n'êtes pas sans savoir dans quelle direction je poursuis mes recherches. Puis-je vous demander si vous avez des raisons de croire que votre état de santé est dû à une cause dont l'origine vous semble surnaturelle?

Les joues blafardes de Davenant se colorèrent légèrement.

— Les circonstances sont curieuses, murmura-t-il d'une voix grave. J'ai essayé de les retourner dans ma tête afin d'y voir plus clair. Mais c'est pure folie! Je dois cependant vous dire que je ne suis pas le moins du monde enclin à la superstition. Je ne suis pas non plus un irréductible sceptique, mais j'avoue n'avoir jamais réellement accordé d'importance à ces croyances. Je mène une vie bien trop active. Pourtant d'étranges événements ponctuent mon affaire, et c'est la raison pour laquelle j'ai décidé de vous consulter.

— Me raconterez-vous tout, sans rien me cacher? le questionna Vance.

Je pus voir que le cas de Davenant l'intéressait. Il s'était redressé sur sa chaise, les pieds posés sur un tabouret, les coudes sur les genoux et le menton dans les mains — son attitude favorite.

— Avez-vous, suggéra-t-il lentement, une marque quelconque sur votre corps que vous puissiez associer, même de loin, avec votre faiblesse actuelle, votre maladie?

— Il est curieux que vous me posiez cette question, car en effet j'ai une étrange marque, une sorte de cicatrice, que je n'arrive pas à m'expliquer. Je l'ai montrée aux médecins et ils m'ont affirmé que cela n'avait rien à voir avec mon état de santé. De toute façon, même si tel était le cas, ils m'auraient avoué leur ignorance. Ils ont supposé, me semble-t-il, que ce n'était qu'un nævus. Ils m'ont d'ailleurs demandé si je l'avais depuis ma naissance. Mais je peux jurer que non. Je l'ai remarquée pour la première fois il y a environ six mois, lorsque ma santé commença à décliner. D'ailleurs, vous pouvez juger par vous-même.

Il desserra son col et découvrit sa gorge. Vance se leva et examina attentivement la marque suspecte. Elle se situait légèrement à gauche, juste au-dessus de la clavicule et, comme le fit remarquer Vance, à l'endroit précis où se trouvent les gros vaisseaux du cou. Vance fit appel à moi pour compléter l'examen. Quelle que fût l'opinion des médecins, l'intérêt d'Aylmer allait grandissant.

Et pourtant, il n'y avait pas grand-chose à voir. La peau était à peu près intacte et ne présentait aucun signe d'inflammation. On distinguait deux marques rouges, séparées d'environ un pouce et formant comme deux petits croissants. On ne les aurait sans doute pas remarquées sans la pâleur extrême de la peau.

— Ça ne peut pas être bien grave, suggéra Davenant avec un petit rire inquiet. Je crois d'ailleurs que ces marques ont tendance à s'estomper.

— Avez-vous jamais remarqué une inflammation plus importante ? Et si oui, était-ce à un moment particulier ? reprit Vance.

Davenant réfléchit.

— Oui, répondit-il d'une voix hésitante. Parfois le matin, il m'est arrivé, alors que je me réveillais, de constater que les marques étaient plus importantes et plus irritées. Je ressens aussi une légère douleur — oh, tout juste un picotement — dont je ne m'étais jamais inquiété jusqu'à présent. Votre suggestion me fait penser que ces mêmes matins, j'éprouve une fatigue, une lassitude jusqu'à présent inconnue...

« Et je me souviens, Mr. Vance, d'avoir découvert un jour une tache de sang près de la marque. Sur le moment, je n'y pris garde et la chassai de ma mémoire.

— Je vois...

Aylmer Vance reprit son siège, invita son visiteur à faire de même et poursuivit :

— Vous avez dit, Mr. Davenant, qu'il existait d'étranges événements dont vous souhaitiez m'entretenir. Voulez-vous bien nous les raconter ?

Davenant referma son col et commença son récit.

J'essaierai de ne rien oublier, en gommant pourtant toute référence aux interruptions de Vance ainsi qu'aux miennes.

Paul Davenant, comme je l'ai dit plus haut, était un homme

fortuné et de bonne famille. Aussi était-il tout désigné pour épouser Miss Jessica MacThane, la jeune fille qui, par la suite, devint effectivement sa femme. Avant d'en venir aux incidents causant sa faiblesse actuelle, il évoqua abondamment l'histoire personnelle de son épouse et celle de sa belle-famille.

La jeune femme était née dans les Highlands et, bien qu'elle possédât certaines des caractéristiques du peuple écossais, elle n'en avait pas le physique. Les noms ne reflètent pas toujours la personnalité ou l'apparence, et celui de Miss Mac-Thane ne lui allait vraiment pas. Dans un pathétique effort pour compenser le fait qu'elle déviait manifestement du type écossais classique, on l'avait baptisée Jessica.

Nous en apprendrons bientôt la raison.

On la remarquait plus spécialement pour sa magnifique chevelure rousse. Ce n'était pas le roux « celte », mais un roux qu'on ne rencontre pratiquement jamais qu'au nord de l'Italie. Ses cheveux lui descendaient jusqu'aux reins et leur éclat était tel qu'on eût pu croire qu'ils possédaient une vie propre. Son teint avait la blancheur de l'ivoire le plus pur. Pourtant, contrairement à celui de la plupart des rousses, nulle tache de son ne le déparait. Elle tenait sa beauté d'une aïeule venue d'un rivage étranger — personne ne savait exactement d'où — et ramenée en Écosse.

Davenant tomba amoureux de la jeune fille dès le premier instant et, malgré le nombre de ses soupirants, eut de bonnes raisons de croire que cet amour était partagé. A cette époque, il ne connaissait pas encore toute son histoire. Il savait seulement qu'elle était très fortunée, maintenant qu'elle avait perdu ses parents, et qu'elle était la dernière représentante d'une famille qui avait autrefois acquis une certaine réputation. Une réputation des plus exécrables. Les MacThane s'étaient davantage distingués par leur cruauté et leur goût du sang que par leurs faits d'armes. Ce clan de brigands avait jadis ajouté de nombreuses pages ensanglantées à l'histoire de son pays.

Jessica avait vécu à Londres dans la demeure de son père jusqu'au décès de ce dernier, l'année de ses quinze ans. Sa mère, elle, était morte en Écosse alors que Jessica n'était encore qu'une enfant. Mr. MacThane fut tellement affecté par la disparition de sa femme qu'il abandonna définitivement sa propriété d'Écosse, en emmenant sa petite fille.

C'est ce qu'on avait pu croire.

Ils laissèrent donc leur château à la garde du régisseur,

bien que depuis le départ de la plupart des métayers, celui-ci n'eût plus grand-chose à faire. Depuis longtemps, Blackwick Castle avait acquis une réputation des moins enviables.

Après la mort de son père, Jessica vécut avec une certaine Mrs. Meredith, une vague parente de sa mère. Du côté paternel, elle n'avait plus aucune famille. Jessica était la dernière d'un clan, autrefois si important que les mariages consanguins étaient devenus une tradition familiale. Les deux derniers siècles avaient vu l'extinction progressive de la lignée.

Mrs. Meredith introduisit Jessica dans la bonne société, qu'elle n'aurait jamais eu le privilège de connaître si son père avait vécu. C'était, en effet, un homme morose et introverti qui, terrassé par le poids de son chagrin, semblait prématurément vieilli.

Paul Davenant, donc, tomba rapidement amoureux de Jessica et ne tarda pas à lui demander sa main. A sa grande surprise, puisqu'il croyait que son amour était payé de retour, il essuya un refus. Elle s'abîma dans un flot de larmes, mais il n'eut droit à aucune explication.

Amer et profondément déçu, il se renseigna auprès de Mrs. Meredith, avec qui il était en bons termes. Elle lui apprit que Jessica avait déjà eu de nombreuses propositions de mariage, émanant toutes de bons partis, mais qu'elle les avait écartées les unes après les autres.

Paul essaya de se rassurer en songeant que sans doute elle ne les aimait pas, alors qu'il était à peu près certain qu'elle tenait à lui. Au vu des circonstances, il décida de tenter une nouvelle fois sa chance.

Cette fois, les résultats furent meilleurs. Jessica admit son amour, mais lui répéta qu'elle ne l'épouserait pas. L'amour et le mariage lui étaient à jamais interdits.

A sa profonde stupéfaction, elle lui déclara qu'elle était née sous le signe d'une malédiction. Une malédiction qui, tôt ou tard, allait se manifester en elle et, en outre, poursuivrait cruellement, peut-être même mortellement, la personne à laquelle elle se serait liée pour la vie. Comment pouvait-elle désirer la mort d'un homme qu'elle aimait ? Plus grave, sachant le mal héréditaire, elle avait décidé qu'aucun enfant ne l'appellerait mère. Le clan des MacThane s'éteindrait avec elle.

Bien sûr, Davenant, passé la stupeur, pensa qu'en la raisonnant il parviendrait à chasser ces craintes absurdes de l'esprit de Jessica. Une autre idée lui vint alors. Voulait-elle parler d'une folie héréditaire ?

Mais Jessica secoua la tête. Elle ne connaissait aucun cas de démence dans sa famille. Le mal était bien plus profond, plus subtil. Elle lui raconta alors tout ce qu'elle savait.

La malédiction — elle ne trouvait pas d'expression plus appropriée — venait de l'antique peuple auquel elle appartenait. Son père en avait souffert et ses père et grand-père bien avant lui. Tous trois avaient épousé des jeunes femmes qui étaient mortes prématurément d'une étrange et dévastatrice maladie. Auraient-ils observé la vieille tradition familiale du mariage consanguin que cela ne fût peut-être pas arrivé. Mais la lignée était déjà proche de l'extinction et ils n'avaient pu le faire.

Car la « malédiction » épargnait ceux qui portaient le nom de MacThane. Elle les rendait seulement dangereux pour les autres. Comme si les murs détrempés de sang du château maléfique leur avaient transmis un virus fatal — un virus ne s'attaquant qu'aux êtres les plus proches et les plus aimés.

— Savez-vous ce que disait mon père? murmura Jessica en frémissant. Selon lui, nous étions devenus... il prononça le mot « vampire ».

Alors que Davenant s'apprêtait à rire, elle l'arrêta.

— Non! explosa-t-elle. Ce n'est pas impossible. Nous sommes d'une race décadente. Du plus loin que nos souvenirs remontent, notre histoire est marquée du sceau de l'infamie et du sang. Les murs du château de Blackwick sont imprégnés par le mal et chaque pierre pourrait nous conter les meurtres, la violence, la souffrance et la luxure. Que peut-on attendre de ceux qui ont passé leur vie entre ces murs?

— Mais vous, Jessica, vous n'y avez pas vécu! Vous avez été épargnée en quittant le château après la mort de votre mère. Vous n'en avez même aucun souvenir. Aucun. Et vous n'avez nul besoin d'y retourner.

— Je crains que le Mal ne soit en moi, répliqua-t-elle d'une voix lugubre. Bien que je n'en aie pas encore conscience. Et quant à retourner à Blackwick Castle, je ne suis pas certaine de pouvoir m'en empêcher. Mon père m'a prévenue. Il y a quelque chose là-bas, une force surnaturelle qui m'y obligera, bien malgré moi. Oh, je ne sais pas! Je ne sais pas, et c'est ce qui rend les choses si difficiles. Si seulement je pouvais croire qu'il ne s'agit que d'une superstition ridicule, je pourrais être heureuse à nouveau. Car j'aime la vie et je suis jeune, très jeune. Mais mon père m'a dit tout cela sur son lit de mort.

Elle murmura ces derniers mots lentement et sa voix exprimait une terreur extrême.

Paul la pressa de lui raconter tout ce qu'elle savait et finalement, elle lui révéla un autre fragment de l'histoire de sa famille qui semblait avoir un rapport avec son cas. Il s'agissait de son étonnante ressemblance avec son aïeule, pourtant séparée d'elle par plus de deux cents ans, et dont l'apparition semblait avoir marqué le début de la décadence du clan des MacThane.

Un certain Robert MacThane avait passé outre à la tradition familiale qui obligeait à se marier au sein du clan. Il avait épousé une étrangère, une femme dont la beauté surnaturelle, la lourde masse de cheveux roux et la peau d'une blancheur d'ivoire finirent par se transmettre à toutes ses descendantes directes.

Dans la campagne avoisinante, on ne tarda pas à considérer cette femme comme une sorcière. Alentour, d'étranges histoires commencèrent à circuler sur son compte et la réputation de Blackwick Castle alla en empirant.

Un jour, elle disparut sans laisser de trace. Robert MacThane s'était absenté pendant vingt-quatre heures afin de régler certaines affaires et c'est lors de son retour qu'il découvrit la chose. On battit, en vain, la campagne. Robert, un homme violent qui pourtant adorait sa femme, décida alors de réunir quelques uns de ses métayers. A tort ou à raison, il les suspectait d'infâmes agissements à l'encontre de son épouse ; il les exécuta de sang-froid. Il était facile de tuer à cette époque, cependant la révolte gronda et Robert fut obligé de fuir, laissant ses deux enfants aux bons soins de leur nourrice. Le château de Blackwick demeura un long moment sans maître.

Sa réputation maléfique perdura néanmoins. On disait que Zaida, la sorcière, bien que morte, hantait encore les lieux. Nombreux furent les enfants et les jeunes gens des alentours qui tombèrent soudainement malades et succombèrent. Peut-être était-ce de mort naturelle, mais cela n'empêcha pas une chape de terreur de s'abattre sur la campagne. Certains prétendirent avoir vu Zaida — une femme blême, drapée de blanc — aller et venir la nuit près des fermes. Lorsqu'elle rôdait autour d'une maison, la maladie et la mort ne tardaient pas à frapper.

C'est à cette époque que la fortune de la famille commença à décliner. Les héritiers succédèrent aux héritiers et, dès le moment où ils s'installaient à Blackwick Castle, leur nature semblait changer. Ils paraissaient s'abreuver du Mal qui avait souillé leur nom et leur famille, comme s'ils devenaient vraiment des vampires étendant leur influence maléfique sur tous ceux qui n'étaient pas de leur race.

Ainsi, progressivement, le domaine de Blackwick fut déserté par ses métayers. Les champs restèrent en friche et jamais plus les granges ne se remplirent. La paysannerie superstitieuse continuait de raconter l'histoire de la mystérieuse femme en blanc qui hantait le voisinage et dont le passage présageait la mort — ou peut-être pire que la mort.

Cependant, les derniers descendants des MacThane ne semblaient pas pouvoir quitter leur domaine ancestral. Malgré leur fortune, suffisante pour leur permettre de vivre heureux dans n'importe quel autre endroit, l'étrange influence qu'ils ne pouvaient combattre les obligeait à rester. Ils préféraient passer leur vie cloîtrés dans la morne solitude du château maintenant à moitié en ruine, évités par leurs voisins, craints et détestés par les quelques fermiers restés désespérément accrochés à leur terre.

Il en fut ainsi pour le grand-père et l'arrière-grand-père de Jessica. Tous deux avaient épousé de très jeunes femmes et, dans ces deux cas, leur mariage fut d'une bien trop brève durée. L'esprit du vampire rôdait toujours, s'exprimant — du moins à ce qu'il semblait — à travers les derniers descendants des générations passées, hantées par le Mal. Le sang des jeunes épouses était exigé en sacrifice.

Le père de Jessica leur succéda alors. Il n'avait pas tiré leçon de leur exemple et suivi pas à pas leurs traces. Le même destin fatal brisa la vie de la femme qu'il adorait passionnément. Elle mourut d'une anémie pernicieuse — c'est ce que dirent les médecins — mais, dès lors, il se considéra comme un assassin.

Néanmoins, contrairement à ses prédécesseurs et pour l'amour de son unique enfant, il parvint à quitter Blackwick. A l'insu de Jessica, cependant, il revint chaque année lorsqu'il ne parvenait plus à contenir son besoin irrépressible, son désir irraisonné pour les longs couloirs obscurs et les salles mystérieuses de l'antique forteresse, pour les étendues sauvages de la lande inculte et les sombres pinèdes. Et alors il sut. Il sut que ni lui ni sa fille ne pourraient jamais s'échapper. Il l'avertit de sa terrible destinée lorsque le soulagement de la mort lui fut enfin accordé.

Ainsi s'achevait l'étrange histoire que Jessica raconta à celui qui voulait la prendre pour femme. En homme raisonnable, il n'en fit pas grand cas, la considérant comme une ridicule superstition, une croyance bizarre née d'un cerveau surmené. Il parvint finalement — mais peut-être n'était-ce pas si difficile puisqu'elle l'aimait de tout son cœur et de toute son âme —, il parvint, donc, à la convaincre qu'il avait raison. Il réussit à bannir de son esprit ce qu'il appelait ses « pensées morbides » et à lui faire accepter l'idée de se marier le plus vite possible.

— Je prendrais n'importe quel risque pour vous, déclara-t-il un jour. J'irai même vivre à Blackwick si vous le désirez. Vous, ma douce Jessica, un vampire ! Je n'ai jamais entendu pareille absurdité.

— Père prétendait que je ressemble à Zaida, la sorcière, protesta-t-elle.

Il la fit taire d'un baiser.

Ils se marièrent donc, voyagèrent à l'étranger pour leur lune de miel et, à l'automne, Paul accepta une invitation à passer quelques jours à la campagne en Écosse. Le prétexte était une partie de chasse à la grouse, passe-temps dont il était un adepte fervent. Jessica accepta, l'assurant qu'elle ne voyait aucune raison pour qu'il renonçât à son plaisir favori.

Peut-être la sagesse ne les inspira-t-elle pas lorsqu'ils décidèrent de s'aventurer en Écosse, mais le jeune couple, plus profondément amoureux encore qu'il ne l'avait jamais été, réussit à surmonter ses craintes. Jessica respirait la santé et la joie de vivre et, plus d'une fois, elle avait déclaré que s'ils devaient se rendre du côté de Blackwick, elle souhaiterait jeter un coup d'œil au château de ses ancêtres, juste par curiosité, mais peut-être aussi pour montrer à son mari qu'elle était parvenue à chasser les terreurs dérisoires qui autrefois la rongeaient.

Paul trouvait l'idée judicieuse et finalement, un jour, comme ils ne résidaient pas très loin, ils se firent conduire à Blackwick. Après avoir trouvé le régisseur, ils lui demandèrent de leur faire visiter le château.

La forteresse, sous les assauts répétés du temps, tombait en ruine en de nombreux endroits. Elle semblait accrochée au flanc quasi vertical d'une colline, se confondant presque avec le roc. L'un de ses côtés donnait sur un précipice au fond duquel, une centaine de pieds plus bas, coulait un petit torrent. Les brigands du clan des MacThane n'auraient pu désirer place forte plus redoutable.

A l'arrière-plan, une sombre forêt de sapins grimpait à l'assaut de la montagne où, çà et là, d'étranges protubérances déchiquetées s'élevaient comme surgissant de terre. Leurs formes fantastiques évoquaient autant de géants difformes montant la garde et veillant sur une étroite gorge, l'unique voie d'accès au château.

Un murmure mystérieux, inquiétant, emplissait cette gorge. Même par temps calme, le vent cherchait à s'échapper de ce piège, soufflant de haut en bas, gémissant quand il glissait sur les sapins, sifflant autour des saillies rocheuses, éclatant d'un rire sardonique quand il roulait sur les hauteurs. On aurait dit la lamentation des âmes perdues — c'est l'expression que Davenant utilisa : « la lamentation des âmes perdues ».

La route, guère plus qu'un sentier maintenant, traversait la gorge et longeait un petit lac. Les arbres gigantesques qui l'entouraient cachaient le ciel et l'obscurité dissimulait sa profondeur insoupçonnée. Le chemin grimpait ensuite la colline pour s'arrêter au pied du château.

Le château ! Davenant n'usa que de peu de mots, cependant je réussis à me représenter en imagination le lugubre édifice. L'horreur insidieuse qui en émanait parvint jusqu'à mes sens. Peut-être mes dons de médium me servirent-ils alors, car lorsqu'il évoqua les grandes salles de pierre, les longs couloirs ténébreux et froids même par le jour le plus chaud et le plus clair, les sombres pièces aux murs rehaussés de panneaux de chêne, et l'escalier monumental, celui où l'un des premiers MacThane lança une douzaine de cavaliers à la poursuite d'un cerf qui s'était réfugié dans l'enceinte du château — lorsqu'il les évoqua pour moi, j'avais déjà l'impression de les connaître.

Il y avait aussi le donjon, dont les murs étaient si épais qu'il n'avait pas connu les ravages du temps. Et dans ses profondeurs, les cachots nous contaient des récits terrifiants où se mêlaient horriblement injustice barbare et souffrances inhumaines.

Mr. et Mrs. Davenant explorèrent chacune des parties de la forteresse maudite que voulut bien leur montrer le régisseur. Paul ne pouvait s'empêcher de faire la comparaison amusante avec son propre manoir du Derbyshire — une élégante demeure georgienne au confort des plus modernes, où il comptait s'installer avec sa femme. Il ne put s'empêcher de frémir lorsque, au retour, elle glissa sa main dans la sienne et lui murmura à l'oreille : « Paul, ne m'avez-vous pas promis un jour que vous ne me refuseriez jamais rien ? »

Jusqu'à ce qu'elle prononçât ces mots, elle était restée étrangement silencieuse. Paul, avec une légère appréhension, lui assura qu'elle n'avait qu'à demander. Ayant une vague idée de ce qu'elle désirait, la phrase eut du mal à franchir ses lèvres.

Elle voulait vivre au château — oh, quelques semaines seulement, car elle pensait s'en lasser rapidement. Le régisseur lui avait demandé de bien vouloir examiner des documents et papiers officiels, puisque la propriété lui appartenait désormais. Par ailleurs, elle éprouvait une sorte de curiosité à l'égard du domaine de ses ancêtres et voulait l'explorer plus avant. Non, elle n'était pas influencée par l'ancienne superstition. Il ne s'agissait pas d'une quelconque attraction surnaturelle, car depuis longtemps elle avait chassé ses vieilles terreurs. Paul l'avait guérie et, s'il était vraiment convaincu que ses peurs dérisoires étaient sans fondement, il ne devait pas s'inquiéter à l'idée d'accéder à son désir.

L'argument semblait suffisamment probant et, en outre, difficile à réfuter. Paul acquiesça finalement, non sans réticences. Il suggéra des modifications. Qu'elle lui laisse au moins le temps d'aménager le château. Peut-être pourraient-ils revenir l'été, au lieu de s'y installer maintenant, alors que l'hiver approchait.

Cependant, Jessica ne voulait ni remettre son emménagement ni entendre parler de modifications qui briseraient le charme illusoire de l'antique forteresse. En outre, ce serait une dépense inutile puisqu'elle souhaitait n'y rester qu'une semaine ou deux. Le manoir du Derbyshire n'étant pas encore entièrement achevé, ce séjour impromptu permettrait aux papiers peints de sécher sur les murs.

Une semaine plus tard, après avoir quitté leur ami, ils s'installèrent à Blackwick. Le régisseur avait engagé quelques domestiques inexpérimentés et s'était arrangé pour rendre le château plus confortable. Paul s'inquiétait mais ne pouvait l'admettre devant son épouse après avoir proclamé pendant si longtemps ses théories sur la superstition.

Ils s'étaient mariés trois mois auparavant.

Neuf mois s'étaient écoulés depuis leur installation à Blackwick Castle et Paul venait d'arriver, seul, à Londres. Ils n'avaient jamais quitté la forteresse plus de quelques heures.

— Ma femme n'a eu de cesse de me supplier de partir, déclara-t-il. Avec des larmes dans les yeux, presque à genoux, elle m'a imploré de la quitter. Mais j'ai constamment refusé, tant qu'elle ne m'accompagnerait pas. Et c'est là que réside le problème, Mr. Vance; elle ne peut pas. Il y a quelque chose, une horreur sans nom, qui la retient comme si elle était enchaînée au domaine. Son père, malgré tout, a mieux résisté qu'elle. Prétextant des voyages à l'étranger, il ne passait que six mois par an à Blackwick. L'emprise du sortilège — de cette malédiction — n'a jamais perdu de sa vigueur.

— N'avez-vous jamais tenté d'arracher votre épouse à Blackwick Castle? demanda Vance.

— Si, à de nombreuses reprises, mais c'était sans espoir. Elle tombait malade dès que nous quittions le domaine et j'étais obligé de l'y ramener. Une fois, nous avons réussi à atteindre Dorekirk — la ville la plus proche — et je pensais vraiment réussir si seulement nous parvenions à passer la nuit sans encombre. Mais elle s'échappa par une fenêtre. Elle s'était mis en tête de parcourir seule, à pied et dans la nuit, la longue distance qui nous séparait de Blackwick.

« Alors des médecins vinrent... sur mes injonctions, évidemment, car elle-même n'en voulait pas. Ils m'ont demandé de quitter le château, mais j'ai toujours refusé. Jusqu'à maintenant.

— Votre épouse a-t-elle changé... physiquement? l'interrompit Vance.

Davenant réfléchit un court instant.

— Changé, certes... d'une façon si subtile, cependant, que je ne sais comment vous décrire la chose. Elle est plus belle que jamais, mais sa beauté n'est pas de notre monde. Je vous ai parlé de sa pâleur. On la remarque d'autant plus que ses lèvres sont devenues très rouges, comme une éclaboussure de sang sur son visage. Sa lèvre supérieure présente une courbe que je n'avais jamais remarquée. Elle rit, mais elle ne sourit jamais. Voyez-vous ce que je veux dire? Et puis ses cheveux ont perdu leur merveilleux éclat.

« Je sais qu'elle s'inquiète pour moi. Parfois, quelques minutes après m'avoir imploré de partir, elle me passe les bras autour du cou et me dit qu'elle ne pourrait vivre sans moi. Je peux sentir cette lutte intérieure mais je peux aussi sentir qu'elle se laisse submerger par cette influence maléfique. Lorsqu'elle me supplie de partir, je sais que c'est Jessica qui parle. Mais lorsqu'elle m'implore de rester, paradoxalement, ma fascination pour elle devient d'autant plus intense. Je ne peux m'empêcher de ressasser son avertissement d'avant notre mariage, et le mot qu'elle a prononcé...

Il baissa la voix.

— « Vampire. »

Il passa une main sur son front couvert de transpiration.

— C'est tellement absurde, ridicule, murmura-t-il d'une voix indistincte. Depuis longtemps, plus personne ne croit à ces chimères. Nous sommes au XXe siècle!

Après un bref silence, Vance reprit d'une voix calme :

— Mr. Davenant, puisque vous nous avez fait confiance, et que vous avez consulté des médecins sans résultat, désirez-vous notre aide ? Je pense pouvoir vous être de quelque utilité, s'il n'est déjà trop tard. Avec votre accord, et comme vous l'avez suggéré, Mr. Dexter et moi-même vous accompagnerons le plus tôt possible à Blackwick Castle. Ce soir, par le train postal. Je sais que vous tenez à la vie. Aussi, en d'autres circonstances, vous aurais-je demandé de rester à Londres.

— Conseil que je n'aurais jamais suivi, déclara-t-il en secouant la tête. J'avais, de toute façon, déjà décidé de rentrer ce soir, mais je suis heureux que vous vouliez bien m'accompagner.

Comme convenu, nous décidâmes de notre rendez-vous à la gare et Paul Davenant nous quitta. Il nous entretiendrait des autres détails pendant le voyage.

— Un cas étrange et des plus intéressants, remarqua Vance, lorsque nous fûmes seuls. Qu'en pensez-vous, Dexter ?

— Il n'est pas impossible qu'un phénomène de vampirisme puisse exister dans une civilisation moderne, répondis-je sans trop m'avancer.

« Je parviens à comprendre l'influence néfaste que peut avoir un vieil homme sur une jeune fille, surtout dans une relation aussi exclusive. Comme un vieux parasite se nourrissant de l'énergie vitale de son hôte. Je connais certaines personnes qui semblent absorber l'énergie des autres, inconsciemment, bien sûr, comme si elles sapaient les fondements mêmes de leur vitalité. Et dans le cas où cette emprise séculaire s'exprimerait mystérieusement à travers l'épouse de Davenant, ne serait-il pas plausible qu'il puisse en être affecté, physiquement, même si le trouble est d'ordre mental ?

— Vous penchez donc, Dexter, vers une explication psychologique du phénomène ? Comment expliquez-vous alors les marques sur la gorge de Davenant ?

Je ne trouvai pas de réponse satisfaisante et le priai d'exprimer ses vues, mais, malgré mon insistance, Vance ne voulut pas m'en dire plus.

Rien de vraiment remarquable ne vint troubler notre long voyage vers l'Écosse. Nous n'atteignîmes Blackwick Castle que tard dans l'après-midi du lendemain. Le domaine était tel que je me l'imaginais, tel que je l'ai décrit. De noires pensées m'envahirent tandis que la voiture nous brimbalait sur la route cahoteuse qui traversait la gorge des Vents. Une morosité qui s'amplifia lorsque nous pénétrâmes dans la monumentale et lugubre entrée du château.

Mrs. Davenant avait été informée par télégramme de notre arrivée et nous reçut chaleureusement. Notre mission lui étant inconnue, elle croyait que nous étions des amis de son mari. Son empressement à l'égard de ce dernier paraissait toutefois un peu artificiel, ce qui me mit mal à l'aise. Tout ce qu'elle disait ou faisait me semblait dicté par une force qu'elle ne contrôlait pas. Bien sûr, me dis-je, les circonstances et le récit de Davenant ne pouvaient que biaiser mes conclusions.

Pourtant, elle était ensorcelante. Son apparence, ses manières exerçaient une fascination qui m'aida à comprendre une remarque que nous fit Davenant au cours du voyage : « Je veux vivre pour l'amour de Jessica. Arrachez-la à l'emprise de Blackwick, Vance, et je sens que tout redeviendra normal. J'irais jusqu'en enfer pour la retrouver telle que je l'ai connue. »

Alors que je découvrais Mrs. Davenant, je perçus véritablement le sens de ces derniers mots. La fascination qu'elle exerçait était plus intense que jamais, mais elle n'était pas naturelle. Elle nous avait ensorcelés comme une Circé, une sorcière, une enchanteresse. Et, en tant que telle, elle était irrésistible.

Bientôt, nous fûmes convaincus que le Mal l'habitait. Vance avait minutieusement préparé une épreuve. Davenant nous avait affirmé qu'aucune fleur ne poussait à Blackwick. Vance acheta alors un bouquet de roses blanches, qu'il comptait donner à la maîtresse de maison, dans la petite ville où nous descendîmes du train. Une automobile nous y attendait.

Il les offrit à Mrs. Davenant juste après notre arrivée. Elle s'approcha, nerveuse, me sembla-t-il, et, alors que ses mains ne les avaient qu'effleurées, les roses se désagrégèrent instantanément et une pluie de pétales flétris tomba sur le sol.

— Nous devons agir immédiatement. Nous ne pouvons pas attendre, déclara Vance alors que nous descendions pour dîner.

— De quoi avez-vous peur ? chuchotai-je.

— Davenant est resté absent une semaine, répondit-il, sinistre. Il a repris des forces depuis son départ, mais pas assez pour survivre à une autre perte de sang. Nous devons le protéger. Le mal rôde ce soir.

— Vous voulez parler de sa femme ?

Je frémis à l'indicible horreur qui émanait de sa suggestion.

— C'est ce que nous apprendrons bientôt.

Vance se tourna lentement vers moi et ajouta quelques mots sur un ton dramatique.

— Mrs. Davenant, Dexter, oscille entre deux états. Le côté maléfique n'a pas encore pris son entier contrôle. Vous souvenez-vous de ce que disait Davenant ? Elle le supplie de partir et quelques instants plus tard l'implore de rester. Elle a lutté, mais pourtant succombe progressivement. Cette semaine qu'elle a passée seule n'a fait que renforcer le Mal. Je vais devoir le combattre, Dexter. Nos deux volontés vont lutter silencieusement, jusqu'à la victoire de l'une d'elles. Regardez attentivement, et vous verrez ce que je veux dire. Si vous notez le moindre changement chez Mrs. Davenant, vous saurez que j'ai vaincu.

Ainsi, je saisis la direction dans laquelle se proposait d'agir mon ami. Sa volonté combattrait le mystérieux pouvoir qui étendait son ombre blasphématoire sur la maison des MacThane. Mrs. Davenant devait être délivrée de l'emprise de la malédiction.

Sachant ce qui allait se passer, j'étais mieux armé pour observer et comprendre le combat silencieux qui commença dès que nous passâmes à table. Mrs. Davenant ne mangea pratiquement rien et semblait mal à l'aise. Elle s'agitait sur sa chaise, parlait beaucoup et riait souvent — du rire sans sourire que nous avait décrit Davenant.

Plus tard, alors que nous étions assis dans le salon, je ressentis le choc des volontés. Dans la pièce, l'air était lourd, chargé d'électricité, troublé par de terrifiantes forces. Dehors, autour du château, le vent sifflait, gémissait, hurlait. La spectrale armée des MacThane, morts et enterrés depuis des siècles, semblait s'être réunie, prête à combattre pour la survie de la race.

Nous étions pourtant assis tranquillement dans le salon, conversant agréablement comme à la fin du dîner mondain le plus banal. Chose curieuse, Paul Davenant ne soupçonnait rien. Moi qui savais et avais un rôle à jouer, je ne pouvais détacher mon regard du visage de Jessica. Le changement surviendrait-il, ou était-il déjà trop tard ?

Finalement, Davenant se leva, nous fit remarquer qu'il était épuisé et qu'il montait se coucher. Jessica n'avait pas à se presser. Il ajouta que nous dormirions dans le dressing-room et ne voulions pas être dérangés.

Alors que ses lèvres rencontraient les siennes, qu'elle l'enveloppait de ses bras d'enchanteresse, semblant nous ignorer, et que ses yeux brillaient d'un étrange éclat — alors, le changement survint.

Il survint dans une brusque rafale de vent, un long hurlement menaçant, et les vitres de la haute fenêtre vibrèrent comme si une horde de spectres tentaient de les briser pour pénétrer dans la pièce. Des lèvres de Jessica s'échappa un long soupir. Ses bras glissèrent des épaules de son mari et elle recula en vacillant doucement.

— Paul! cria-t-elle, et sa voix semblait changée. Quel malheur de vous avoir demandé de revenir à Blackwick! Dans votre état! Nous allons partir. Oui, moi aussi je veux partir. Emmenez-moi. Emmenez-moi demain, je vous en prie! (Elle parlait avec une sincérité absolue, inconsciente pendant tout ce temps de ce qui lui était arrivé. De long frissons secouaient son corps.) Je ne sais pas pourquoi j'ai voulu rester ici, répétait-elle sans cesse. Je déteste cet endroit. Le Mal est ici. Le Mal.

Entendant ces mots, j'exultai. J'étais sûr de la victoire de Vance. Pourtant, j'appris bientôt que le danger n'avait pas encore disparu.

Le couple se sépara, chacun se dirigeant vers sa chambre. Je remarquai le bref regard plein de gratitude que Davenant jeta à Vance. Il était totalement dérouté, même s'il se doutait que Vance était responsable de cette brusque transformation.

— J'ai réussi, lança Vance. Mais le changement n'est peut-être que passager. Je dois continuer ma surveillance ce soir. Allez au lit, Dexter, il n'y a plus rien que vous puissiez faire.

Nous décidâmes d'examiner dès le lendemain les détails de notre départ.

J'obéis, sachant pourtant que je devrais rester sur mes gardes, vigilant, face à cet incompréhensible danger. Je me rendis dans la chambre, une lugubre suite chichement meublée. Je ne songeais pas à dormir. Je m'assis sur le rebord de la fenêtre ouverte sans avoir besoin de revêtir mon manteau. Dans la pinède, les rafales de vent s'étaient muées en un long chuchotement, le dernier gémissement d'une agonie séculaire.

Alors, j'aperçus une silhouette blanche qui s'échappait du château par une porte dérobée et, les mains jointes, traversait précipitamment la terrasse jusqu'au bois. Malgré la fugacité de cette vision, j'étais convaincu qu'il s'agissait de Jessica Davenant.

Instinctivement, je sus qu'un grand danger était imminent. C'était sans doute le désespoir que suggérait la position de ses mains. Je n'hésitai pas un instant. La fenêtre était à quelques mètres du sol, mais le mur était couvert de lierre et offrait de bonnes prises. Je descendis facilement. Touchant terre, je me retournai et parvins à voir dans quelle direction elle allait. Je la poursuivis dans l'épaisseur des bois qui s'accrochaient au flanc de la colline.

Jamais je n'oublierai cette poursuite tumultueuse. Bordé par les arbres, le sentier était si étroit, que j'avais tout juste assez de place pour y poser les pieds. J'avais perdu de vue la clairière, et je pensais qu'elle n'avait pu emprunter que cet unique chemin. Il ne se dédoublait pas et les bois étaient trop épais pour qu'on y pénétrât.

A mon passage, les arbres bruissaient de façon terrifiante. Aux gémissements succédaient ricanements grotesques et hurlements de terreur. Je tentai de me persuader qu'il s'agissait du vent et des rapaces nocturnes. Je sentis le battement furtif d'une aile sur mon visage. Je me croyais pourchassé à mon tour, comme si toutes les légions de l'enfer s'étaient alliées contre moi.

Le sentier s'arrêtait brusquement devant le sombre lac. Il m'apparut alors que j'arrivais juste à temps. Je vis la silhouette drapée de blanc tomber à genoux dans l'eau. Entendant mes pas, elle tourna la tête. Elle hurla en lançant ses bras vers moi. La lourde masse de ses cheveux roux tombait sur ses épaules et son visage se déformait sous l'effet de la souffrance et du remords. Et son visage, comme je le vis à cet instant, n'avait presque plus rien d'humain.

— Partez! vociféra-t-elle. Pour l'amour de Dieu, laissez-moi mourir!

Mais déjà j'étais à ses côtés. Elle voulut se débattre, cherchant en vain à s'arracher à mon étreinte. Elle m'implora, haletante, de la laisser se noyer.

— C'est le seul moyen de le sauver! souffla-t-elle. Ne comprenez-vous pas que je suis maudite? Car c'est moi, c'est moi qui ai bu son sang! Je le sais maintenant, la vérité m'est apparue ce soir. Je suis un vampire. Sans espoir dans ce monde ou le prochain. Laissez-moi mourir! Pour lui et pour l'enfant qu'il aura un jour. Laissez-moi mourir!

Y avait-il jamais eu plus terrible prière? Que pouvais-je faire? Délicatement, je brisai sa résistance et la tirai sur la rive. C'était un poids mort que je tenais dans mes bras. Je la couchai sur la berge moussue, m'agenouillai à ses côtés et fixai son visage intensément.

Alors je sus que j'avais bien fait. Le visage que je vis à cet instant n'était pas celui de Jessica le vampire, mais celui de Jessica, la femme que Paul Davenant avait aimée.

Aylmer Vance compléta le récit peu après.

— J'ai attendu que Davenant soit endormi. Je me suis alors introduit dans sa chambre pour le surveiller dans son sommeil. Et soudain, comme je l'avais pressenti, elle apparut. Le vampire, l'être maudit dont l'influence maléfique s'étend sur les âmes de sa tribu, les modelant à son image lorsque eux aussi franchissent le Territoire des Ombres. Cet être tirait la force d'accomplir ses monstrueux forfaits du sang de ceux qui n'étaient pas de sa race. Le corps de Paul et l'âme de Jessica. C'est pour eux que nous avons combattu, Dexter.

— Voulez-vous parler de Zaida la sorcière ? hasardai-je.

— Exact, Dexter. C'est elle, l'esprit maléfique qui s'est abattu comme un fléau sur la maison des MacThane. Je pense l'avoir bannie à jamais.

— Racontez-moi.

— Elle s'est approchée de Paul Davenant la nuit dernière, sous l'apparence de sa femme. Vous savez que Jessica ressemble étrangement à son aïeule. Il ouvrit ses bras, mais j'avais pris quelques précautions et elle fut dépossédée de sa proie. Tandis qu'il dormait, j'avais placé sur la poitrine de Davenant l'unique chose capable d'ôter son pouvoir maudit au vampire. Elle s'enfuit en hurlant, comme une ombre, alors qu'un instant plus tôt elle le regardait avec les yeux de Jessica, lui parlait avec sa voix. Les lèvres rouges qui s'approchaient des siennes étaient celles de Jessica. Mais lorsqu'il ouvrit les yeux, il la vit telle qu'elle était. Il ne vit qu'un spectre hideux issu de la corruption des âges.

« La malédiction fut alors brisée et elle s'enfuit, rejoignant un endroit qu'elle n'aurait jamais dû quitter.

Après un bref silence, je le questionnai :

— Et maintenant ?

— Blackwick Castle doit être rasé. C'est le seul moyen. Chacune de ses pierres, de ses briques doit être réduite en poussière puis brûlée car, Dexter, c'est du château lui-même que vient le Mal. Davenant m'a donné son consentement.

— Et Mrs. Davenant ?

— Je pense, répondit prudemment Vance, qu'elle se remettra. La malédiction disparaîtra en même temps que le château. Grâce à vous, elle n'a pas péri sous son influence. Elle est moins coupable qu'elle ne l'imagine. Dans cette affaire, elle fut la proie plus que le prédateur. Mais pouvez-vous imaginer ses remords, lorsqu'elle réalisa, comme elle y fut contrainte, le rôle qu'elle avait joué dans cette macabre histoire ? Et surtout, lorsqu'elle dut reconnaître l'héritage mortel qu'elle destinait, bien malgré elle, à l'enfant à naître ?

— Oui, je comprends, murmurai-je dans un frémissement et, sans reprendre mon souffle, je chuchotai : Dieu merci !

1914

Titre original :
Aylmer Vance and the Vampire

Traduit de l'anglais
par Marie-Lise Marlière

© E.J.L., 1997 pour la traduction française

Jean RAY

LE GARDIEN DU CIMETIÈRE

— La raison pour laquelle je devins le gardien du cimetière de Saint-Guitton, monsieur le Juge d'instruction ? Mon Dieu, la voici : la faim et le froid.

« Imaginez-vous quelqu'un, vêtu d'un complet d'été, ayant fait soixante kilomètres séparant deux villes : celle où on lui a refusé tout travail et tout secours, et celle qui fut son dernier espoir. Imaginez-vous cet être nourri de carottes glacées sentant le purin de l'engrais et de pommes reinettes, aigres et dures, oubliées sur l'herbe d'un verger désert; imaginez-le trempé par une pluie d'octobre, courbé sous de grosses rafales qui accouraient du nord, et vous aurez devant vous l'homme que je fus, lors de mon arrivée dans la banlieue de votre sinistre ville.

« J'entrai dans la première maison, qui est une auberge à l'enseigne des *Deux-Pluviers*, où le patron charitable me réconforta de café chaud, de pain et d'un hareng saur et où, au récit de ma détresse, ce brave homme m'apprit qu'un des gardiens du cimetière de Saint-Guitton venait de partir et que l'on cherchait un remplaçant.

« Pourquoi les morts m'auraient-ils fait peur ? Les vivants m'avaient tant fait souffrir. Pouvaient-ils être plus méchants que ces derniers ?

« Vous cacherai-je ma joie d'avoir été agréé sur-le-champ par deux gardiens restants, qui semblaient avoir pleins pouvoirs sur le cimetière et les affaires qui s'y rattachaient ? Non, car je reçus tout de suite de chauds vêtements et un repas. Ah ! mais quel repas ! De larges tranches de viande rouge, des pâtés ruisselants de jus, des fritures aussi copieuses que dorées.

« Quelques mots maintenant sur le cimetière de Saint-Guitton ; c'est un immense champ de repos où l'on n'enterre plus depuis vingt ans. Les pierres tombales y sont effritées et leurs inscriptions mangées par les lichens et les pluies. Des monuments funéraires y sont tombés en ruine. D'autres ont été engloutis par des effondrements partiels et émergent en quelques centimètres de pierre grise. Une sorte de brousse hâve a envahi les allées, et les pelouses sont comme une jungle.

« La municipalité, qui est pauvre et qui envoie maintenant ses morts dormir dans l'immense nouveau cimetière de l'Ouest, avait caressé l'espoir de convertir la nécropole en terrains industriels.

« Mais les manufacturiers n'en voulurent point, aussi superstitieux sans doute que les banlieusards qui, le soir, autour de leurs petits feux bourrés de coke, en entendant le vent se plaindre dans les ifs du cimetière de Saint-Guitton, racontent d'horribles histoires de revenants.

« Il y a huit ans, la face des choses changea.

« Peu de temps avant sa mort, la richissime duchesse Opoltchenska — noblesse russe ou bulgare — proposa à la ville d'acheter le cimetière désaffecté pour une somme fantastique, à la condition qu'elle pût y avoir sa tombe et qu'elle fût la dernière à y être inhumée.

« Elle ajouta que le cimetière serait gardé nuit et jour par trois gardiens, aux frais desquels un legs pourvoyait. Deux de ses anciens serviteurs étaient désignés, un troisième était à adjoindre. Je le répète, la ville était pauvre, elle accepta d'emblée.

« Aussitôt, une foule d'ouvriers s'occupa d'ériger, dans le coin le plus reculé du cimetière, un vaste mausolée des dimensions d'un petit palais, et le mur d'enceinte fut triplé de hauteur et hérissé de hallebardes de fer.

« Le mausolée fut à peine achevé qu'il reçut la dépouille de la duchesse. Le monde n'avait vu dans tout cela qu'une pointe d'originalité : la millionnaire, s'étant fait enterrer avec des joyaux d'immense valeur, voulait mettre sa dernière demeure à l'abri des détrousseurs de tombes.

— Et voici mon histoire... :

Les deux gardiens m'ont fait excellent accueil.

Ce sont des colosses à la mine de bouledogues. Pourtant, ils doivent être de braves gens, car j'ai vu leur joie et leur énorme satisfaction devant mon bel appétit, et ce ne sont que les braves cœurs qui sourient à l'appétit des misérables.

En entrant en fonction, j'ai dû jurer la rigoureuse observation du règlement : ne pas quitter le cimetière pendant la durée de mon engagement — une année —, n'avoir aucun rapport avec l'extérieur, ni chercher à en avoir. Ensuite, ne jamais approcher du mausolée de la duchesse.

Velitcho, qui est strictement affecté à la surveillance de ce coin du cimetière, m'apprit que sa consigne était de faire feu sur n'importe qui s'approcherait de la tombe.

Ce disant, il braqua négligemment sa carabine sur une lointaine ramure de peuplier où sautillait une ombre minuscule. Le coup partit et un geai au plumage piqueté d'azur dégringola.

Velitcho était un tireur remarquable.

Il le prouvait du reste tous les jours, car le cimetière fourmillait de lapins sauvages, de gros ramiers au duvet opalin et même de faisans, qui fuyaient parfois, rapides, dans l'ombre des fourrés.

Ossip, le second gardien, le seul qui sortait du cimetière pour aller aux provisions, nous confectionnait d'exquis petits plats de gibier. Oh! je me rappelle une étonnante galantine de volaille, figée dans un jus doré et qui fondait dans la bouche, onctueuse comme une crème de viandes tendres, de truffes, de pistaches, de piments et de graisse fine.

Mes journées se passent à manger et à me promener dans le mélancolique parc qu'est devenu le cimetière.

J'ai emprunté une carabine à Velitcho mais, piètre tireur, je ne parviens qu'à éveiller par-ci, par-là un écho, qui passe alors, pendant quelques secondes, comme une pauvre plainte entre les tombes oubliées.

Le soir, dans notre petite salle de garde, nous nous réunissons autour du poêle calorifère, dont l'œil de mica rougeoie malicieusement.

Au-dehors, il n'y a que le vent et les ténèbres; Ossip et Velitcho parlent peu.

Leurs visages tournés de trois quarts vers la haute fenêtre badigeonnée de nuit, ils semblent toujours aux écoutes, et ces grosses figures de chiens de garde semblent refléter l'angoisse.

Et pourquoi?

Je souris à la superstition de leurs âmes frustes et, en ces moments, je me sens supérieur à eux. Oui, pourquoi l'effroi? Au-dehors, il n'y a que l'obscurité des nuits d'hiver, que la plainte aigre du vent.

Parfois, haut dans le ciel, des rapaces nocturnes crient à la mort et, lorsque la lune se tient, petite et brillante, dans le coin de la plus haute vitre, j'entends les pierres se fendre sous l'effet du gel.

Vers minuit, Ossip nous prépare une boisson chaude qu'il appelle « chur » ou « skur ».

C'est un breuvage presque noir, fleurant bon les plantes étranges. J'en bois avec un plaisir extrême ; à peine la dernière gorgée est-elle avalée qu'une exquise chaleur me pénètre ; j'éprouve un sentiment de bien-être inouï ; je voudrais rire et parler, ne fût-ce que pour demander une seconde tasse. Mais voilà que je ne le puis pas ; une roue multicolore se met à tourner devant mes yeux et je n'ai que le temps de me jeter sur mon lit de camp, pour m'endormir aussitôt.

Non, je ne crains pas la nuit dans le cimetière. Ce que j'appréhende, c'est l'ennui, et c'est ce qui m'a conduit à tenir mon journal, ou plutôt à noter mes impressions, car ce n'est pas, à proprement parler, un journal, puisqu'il ne porte ni jour ni date.

— C'est de ce cahier que j'extrais tous les passages relatifs à mon effrayante aventure, monsieur le Juge d'instruction. Je n'ai pas voulu vous astreindre à lire les poétiques descriptions de tombes encapuchonnées de neige, ni mes idées sur Grieg et sur Wagner, ni mes préférences littéraires, ni mes élucubrations philosophiques sur la peur et la solitude.

Ossip et Velitcho me gâtent ! Que d'admirables menus !
Dire que l'autre jour, comme je n'avais pas montré le même appétit qu'aux autres repas, ils marquèrent une inquiétude presque ridicule.

Velitcho a reproché à son compagnon de n'avoir pas soigné le repas comme toujours, dans des termes d'une violence exagérée.

Depuis, Ossip ne fait que me consulter sur mes goûts et mes préférences. Ah ! les braves gens.

A ce régime, je devrais grossir comme une caille. Il n'en est rien. C'est curieux, par moments, je me trouve même une mine extrêmement souffreteuse.

Hier, j'ai eu une première impression de peur. Pourtant, je dois avouer qu'il n'y avait matière qu'à un sursaut désagréable.

Entre chien et loup, comme je sortais d'une petite allée transversale, un cri affreux a déchiré le silence. Il me semble avoir vu sortir Velitcho de la maison de garde et s'enfoncer en courant dans les taillis.

Lorsque je suis arrivé au poste, j'ai vu Ossip surveiller

attentivement les fourrés assombris; comme je lui ai demandé ce qu'était cet appel, il m'a répondu qu'il s'agissait d'un courlis. Le lendemain, Velitcho m'en rapporta un qu'il avait tué.

Drôle de petite bête à l'immense bec, long comme une dague, et quelle vilaine clameur pour un oiseau, pourtant gracieux.

J'ai ri en palpant son duvet cendré, mais mon rire a sonné faux et mon impression d'angoisse ne s'est pas dissipée complètement, comme je l'aurais voulu.

Décidément, ma santé n'est pas aussi brillante qu'elle devrait l'être. Pourtant, je mange comme un loup et Ossip se surpasse. Mais, le matin, une bizarre torpeur me tient encore au lit, alors que le soleil joue sur le carreau, que j'entends le coup de fouet de la carabine de Velitcho et le tintamarre des casseroles d'Ossip.

Une sourde douleur me tenaille la peau derrière l'oreille gauche. En regardant de près dans le miroir, je découvre une légère rougeur autour d'une minuscule boursouflure de chair vive. C'est une petite plaie de rien du tout, mais elle me fait bien mal...

Aujourd'hui, comme je battais les taillis, à l'affût de quelque ramier ou d'une bécasse, quelque chose a bougé dans les branches proches : j'ai vu un splendide coq faisan poussant sa tête fine entre deux brindilles. L'occasion était trop belle, je tirai. La bête blessée s'enfuit devant moi, une aile pendante.

Bravement, je m'élançai, et une poursuite assez longue commença. Soudain je m'arrêtai, abandonnant ma proie. Je venais d'entendre une voix. Elle était rauque et plaintive. Des mots, lamentables et presque suppliants, sonnaient dans une langue inconnue.

Je regardai autour de moi. Derrière une lourde haie de cyprès et de sapins se profilait une masse sombre : le tombeau de la duchesse.

J'étais en terrain défendu.

Me rappelant l'avertissement de Velitcho, je battis en retraite, juste à temps pour voir ce dernier sortir du bosquet de conifères, nu-tête et pâle comme un mort.

Le soir, comme je l'observais, je vis une longue strie livide sur la chair de sa joue droite; il me sembla qu'il faisait des efforts pour la cacher à mes regards.

Il n'est pas loin de minuit; mes deux compagnons jouent aux dés; tout à coup, mon cœur s'arrête, glacé de frayeur. Près de la maison, tout près, le courlis a crié.

Oh! l'affreuse clameur!

On dirait que tout le cimetière de Saint-Guitton crie son horreur.

Velitcho est resté immobile comme une statue, le cornet de cuir des dés aux doigts; Ossip, avec un cri sourd, s'est rué vers le réchaud où le « chur » chauffait. Il m'a vraiment poussé la tasse dans les doigts, et j'ai vu que sa main tremblait...

Oh! comme j'ai mal! La boursouflure rose, derrière mon oreille, s'est agrandie. Au centre, la petite plaie, plus profonde, saigne.

Oh! j'ai mal!... J'ai mal!... J'ai mal!...

Hier, je me suis promené le long de la muraille de clôture, côté est. C'est un endroit sinistre où je ne m'étais jamais aventuré.

Une haute haie de houx attira mes regards; elle allait de la muraille est à la muraille nord, clôturant ainsi un lopin de terre triangulaire qui échappait à ma vue.

Quelle étrange appréhension me fit souhaiter de voir l'espace isolé de la sorte? Cela me fut très difficile, car la haie était épaisse et chaque feuille de houx était une petite main griffue qui me lacérait la peau.

Il n'y avait rien dans l'enclos, si ce n'est huit croix dont la vétusté allait pour ainsi dire en gradation régulière; ainsi, la première était pourrie et lavée par les pluies, la huitième semblait toute fraîche...

C'étaient comme des tombes nouvelles...

Cette nuit-là, j'eus un sommeil hanté de cauchemars; j'eus l'impression d'un poids énorme m'écrasant la poitrine et, dans ma torpeur, ma plaie me faisait atrocement souffrir.

Oh! j'ai peur...

Quelque chose se passe. Comment ne l'ai-je pas remarqué auparavant?

Ni Ossip ni Velitcho ne boivent le « chur ». Ce matin, ils ont oublié les trois tasses sur la table ; seule la mienne contenait des restes de breuvage, les leurs étaient nettes !

Je DOIS dormir !

Ce soir, je veux rester éveillé, je veux voir ; j'ai bu le « chur » ; je suis couché sur le lit de camp, je ne veux pas dormir, je ne veux pas, de toutes les forces de mon cerveau. Oh ! la terrible lutte contre ce sommeil de plomb et de fer !

Ossip et Velitcho me regardent. Ils croient que je dors. Je résisterai encore une minute, une seconde peut-être...

Horreur ! Le courlis a crié près de la fenêtre.

Oh ! quelque chose d'atroce, d'épouvantable s'est passé !... Là... contre la vitre, un visage d'enfer s'est collé. De terribles yeux vitreux, des yeux de cadavre, des cheveux d'un blanc de neige, hérissés comme des lances, et une bouche immense ricanant sur des dents noires, une bouche rouge, rouge comme du feu, ou comme du beau sang qui coule. Puis la roue de feu a tourné dans ma tête et le sommeil est venu, et les cauchemars.

Je bois le « chur », je le bois tous les soirs. Ils me gardent comme des tigres et je sens que, toutes les nuits, quelque chose d'atroce se passe.

Quoi ? Je ne sais, je ne peux plus penser, je ne peux que souffrir...

Quelle force mystérieuse m'a poussé de nouveau vers l'enclos des croix ?

Comme je m'apprêtais à partir, mes yeux se sont attachés à un bout de bois dépassant de terre à côté de la huitième croix. Machinalement, je l'ai tiré : c'était une planche portant quelques mots écrits difficilement.

L'inscription avait beaucoup souffert, mais j'ai pu lire quand même :

« *Ami, si tu ne peux pas fuir, ceci sera la place de ta tombe. Ils en ont tué sept. Je serai le huitième, car je n'ai plus de force. Je ne sais ce qui se passe ici. C'est un horrible mystère. Fuis !*

« *Pierre Brunen.* »

Pierre Brunen! Je me rappelle : c'est le nom de mon prédécesseur. Les huit croix indiquent les tombes des gardiens adjoints qui se sont succédé depuis huit années...

J'ai tâché de fuir : j'escaladai le mur nord à un endroit où j'avais découvert quelques aspérités.
Déjà les hallebardes du faîte se rapprochaient de moi, lorsque soudain, à deux pouces de ma main, une pierre éclata, puis une autre, puis une autre. Au bas du mur, Velitcho froidement m'ajustait de sa carabine, et ses yeux avaient l'éclair glacé du métal, celui dont on fond les cloches qui sonnent le glas des morts.

Je suis retourné à l'enclos des croix. A côté de celle de Brunen s'ouvre une fosse fraîchement creusée. C'est ma tombe prochaine.
Oh! fuir! souffrir la faim et le froid le long des routes hostiles, mais non mourir dans ce mystère et dans cette horreur.
Mais ils me gardent et leurs regards rivent mes pas comme des chaînes.

J'ai fait une découverte. C'est peut-être le salut. Ossip verse dans le « chur » le contenu d'une fiole sombre.
Où peut-il la cacher?...

J'ai trouvé la fiole!
J'en ai examiné le contenu, un liquide incolore d'une odeur douce...
J'agirai ce soir...
C'est fait, j'ai versé le narcotique dans leur thé...
Le verront-ils? Mon cœur, mon pauvre cœur, comme il bat!
Ils boivent! Ils boivent! Et j'ai du soleil dans l'âme.
Ossip s'est endormi le premier. Velitcho m'a regardé avec un étonnement immense, puis une lueur féroce a passé dans ses yeux et sa main a cherché son revolver, mais il n'a pu achever le geste. Il est tombé endormi sur la table.
J'ai pris les clefs d'Ossip, mais comme j'ouvrais la lourde porte du cimetière, l'idée m'est venue que ma tâche n'était pas finie, qu'il y avait derrière moi une énigme à résoudre et huit morts à venger, que, les gardiens vivants, je serais peut-être en butte à d'infernales persécutions.

Je suis retourné, j'ai pris le revolver de Velitcho, j'ai appliqué le canon derrière l'oreille des gardiens, et là, à la même place où ma petite plaie me fait tant souffrir, j'ai tiré...

Ils n'ont pas bougé.

Seul, Ossip a eu un grand frisson.

Et seul, en face des cadavres, j'attends le mystère de minuit.

Sur la table, j'ai disposé les trois tasses, comme tous les soirs.

J'ai mis les casquettes des gardiens sur la plaie rouge de leurs têtes ; de la fenêtre, on dirait qu'ils dorment.

L'attente commence. Oh ! comme les aiguilles de l'horloge glissent lentement vers minuit, l'ancienne heure terrible du « chur » !

Le sang des morts tombe goutte à goutte sur le carrelage, à petit bruit doux, comme celui des feuilles s'égouttant après une ondée de printemps.

Et le courlis a crié...

Je me suis couché sur mon lit de camp et j'ai feint de dormir.

Le courlis a crié plus près.

Quelque chose a frôlé les vitres.

Silence...

La porte s'est ouverte très doucement.

Quelqu'un ou quelque chose est entré dans la chambre. Quelle atroce odeur cadavéreuse !

Des pas glissent vers ma couche...

Et tout à coup un poids formidable m'écrase.

Des dents aiguës mordent ma plaie douloureuse et d'atroces lèvres glacées sucent goulûment mon sang.

Avec un hurlement, je me redresse.

Et un hurlement plus hideux que le mien y répond.

Ah ! l'épouvantable vision, et comme il m'a fallu toute ma force pour ne pas défaillir !

A deux pas de ma figure, le visage de cauchemar apparu jadis à la fenêtre me fixe avec des yeux de flamme et, de la bouche, affreusement rouge, un filet de sang suinte. MON SANG.

J'ai compris. La duchesse Opoltchenska, issue des pays mystérieux où l'on n'a pu nier l'existence des lémures et des vampires, a prolongé sa chienne de vie en buvant le sang jeune des huit malheureux gardiens !

Sa stupeur ne dura qu'une seconde. D'un bond, elle fut sur moi. Ses mains griffues fouillaient mon cou.

Rapidement, mon revolver cracha ses dernières balles et, avec un grand hoquet qui éclaboussa les murs de sang noir, la vampire s'écroula sur le sol.

— Et voilà, monsieur le Juge d'instruction, pourquoi, à côté des cadavres de Velitcho et d'Ossip, vous trouverez celui de la duchesse Opoltchenska, décédée il y a huit ans et inhumée au cimetière de Saint-Guitton.

1919

Extrait de *Les Contes du whisky* réédité par Claude Lefrancq/Éditeur, Bruxelles.

© 1925, succession R. de Kremer

Howard P. Lovecraft

LA MAISON MAUDITE

I

L'ironie participe, souvent même, aux pires horreurs. Elle entre parfois directement dans la texture des événements ; d'autres fois elle n'intervient que dans leurs rapports fortuits avec les êtres et les lieux. Je n'en voudrais pour preuve que ce qui est arrivé dans la vieille ville de Providence où, vers 1840, Edgar Allan Poe avait coutume de venir lorsqu'il faisait une cour désespérée à cette excellente poétesse, Mme Whitman. Poe descendait généralement au Manoir — dans la rue des Bienfaits — (devenu la célèbre Auberge de la Boule d'Or qui a abrité Washington, Jefferson et La Fayette) et sa promenade favorite le menait vers le nord chez Mme Whitman et, de là, au cimetière voisin de Saint-John, dont l'amoncellement de pierres tombales datant du XVIIIe siècle le fascinait.

Or, et c'est l'ironie de la chose, au cours de ces promenades si fréquentes, le grand maître mondial de l'horreur et de l'insolite devait passer devant une maison située du côté est de la rue, vieille bâtisse crasseuse, perchée sur le contrefort d'une colline abrupte, flanquée d'un grand jardin en friche remontant à l'époque où cette région n'était guère civilisée. Il ne semble pas qu'il ait jamais écrit sur cet endroit ni qu'il en ait parlé. Il ne semble pas non plus qu'il l'ait jamais remarqué. Et pourtant cette maison, pour les deux personnes qui possédaient quelques informations à son sujet, égale ou dépasse en horreur les inventions les plus étonnantes du génie qui passait si souvent devant elle sans la noter et se dresse comme un symbole de tout ce qui est indiciblement hideux.

Cette maison était (et demeure) le genre de construction qui capte l'attention des curieux. Ferme ou à moitié ferme à l'origine, elle ressemble aux maisons coloniales de la Nouvelle-Angleterre au milieu du XVIIIe siècle (demeure cossue, toit en pente, deux étages dominés par un grenier sans lucarnes, porche géorgien, lambrissée à l'intérieur selon le goût du temps). Exposée au sud, décorée d'un pignon, ancrée jusqu'aux fenêtres du rez-de-chaussée dans l'épaule de la colline qui se dresse à l'est, elle révèle, du côté de la rue, l'intimité de ses fondations. Ce type de construction, il y a plus d'un siècle et demi, épousait la courbe de la route. Car la rue des Bienfaits (tout d'abord baptisée rue de Derrière) serpentait entre les tombes des premiers pionniers et fut rectifiée après qu'on eut transféré les corps au cimetière du Nord. On put alors couper, sans offenser personne, à travers les enclos, jadis propriétés des vieilles familles.

Au début, le mur occidental se trouvait à quelque six mètres au-dessus d'une pelouse qui descendait jusqu'à la route. Mais l'élargissement de la rue, à l'époque de la Révolution, réduisit cet espace et révéla les fondations, de sorte qu'il fallut construire un soubassement en brique qui, murant la cave du côté de la rue, fut percé d'une porte et de deux fenêtres au niveau du trottoir. Lorsque, il y a un siècle, celui-ci fut établi, la pelouse disparut complètement. Edgar Allan Poe, dans ses promenades, ne devait apercevoir qu'une simple surface de briques grisâtres dominée, à environ trois mètres, par la masse vieillotte de la maison à bardeaux.

La propriété elle-même escaladait la colline et s'étendait jusqu'à la rue Wheaton. L'espace situé au sud de cette maison qui donnait sur la rue des Bienfaits dominait bien entendu le trottoir et formait une terrasse bordée d'un grand mur de pierres humide et moussu, troué d'un perron étroit qui menait à l'intérieur par une sorte de canyon. On apercevait alors un gazon pelé, des murs de brique visqueux, des jardins à l'abandon où traînaient des urnes en ciment ébréchées, des bouilloires rouillées tombées de trépieds en bambou. Des accessoires du même genre décoraient la porte d'entrée vermoulue, surmontée d'une imposte brisée, flanquée de pilastres ioniques pourris et d'un fronton triangulaire branlant.

Tout ce que je sus, dans mon enfance, de la maison maudite, c'est qu'on y mourait comme des mouches. C'est pourquoi, me dit-on, les premiers propriétaires avaient déménagé, une vingtaine d'années après l'avoir construite. Cette maison était manifestement malsaine, sans doute à cause de l'humidité et des champignons qui poussaient dans la cave, de l'odeur fétide qui s'en dégageait, des courants d'air dans les couloirs ou des miasmes dans l'eau du puits. Tout cela n'était guère encourageant et faisait l'objet de commentaires appropriés de la part des personnes que je connaissais. Mais ce sont les notes prises par mon vieil oncle, le Dr. Elihu Whipple, qui me révélèrent en détail les présomptions vagues qui s'étaient formées chez les domestiques et les petites gens de l'époque, présomptions qui ne transpirèrent guère et se trouvaient bien oubliées quand Providence devint une véritable capitale vers laquelle affluaient les immigrants.

Il est de fait que cette maison ne fut jamais considérée, par la grande majorité des habitants, comme vraiment « hantée ». On ne parlait pas de bruits de chaînes, de courants d'air glacés, de lumières qui s'éteignent ou de visages qui apparaissent aux vitres. Les plus audacieux se risquaient parfois à dire que cette maison « n'avait pas de chance », mais ils n'en disaient guère plus. Ce qu'on ne pouvait contester, c'est qu'un nombre imposant de personnes y mouraient, ou plus précisément y *étaient mortes*, puisque, au terme d'un certain nombre d'aventures étranges qui s'y étaient déroulées soixante années plus tôt, cette maison était abandonnée, faute de locataires. Ses habitants n'y étaient pas morts de mort violente. Il semblait plutôt qu'ils y avaient perdu peu à peu leur vitalité, de sorte que chacun d'entre eux avait succombé, plus tôt qu'il n'aurait dû, à certaines faiblesses de son tempérament. Mais ceux qui n'étaient pas morts avaient éprouvé, à des degrés variables, une sorte d'anémie ou de consomption, parfois un déclin de leurs facultés mentales qui prouvait bien l'insalubrité de l'édifice. Les maisons voisines, il convient de le souligner, ne semblaient pas le moins du monde affectées des mêmes désordres.

C'est du moins ce que j'avais appris avant que mon enquête obstinée amenât mon oncle à me communiquer les notes qui nous décidèrent à entreprendre nos hideuses recherches. Dans mon enfance, la maison maudite était vide, cernée de vieux arbres stériles et noueux, d'une pelouse envahie de hautes herbes aux formes fantastiques et d'une végétation au dessin cauchemardesque qui emplissait la terrasse où les oiseaux ne s'attardaient guère. Avec mes camarades, nous passions en hâte devant cette maison et je me rappelle encore nos terreurs enfantines, non seulement devant l'étrangeté morbide de cette végétation sinistre, mais également devant l'atmosphère et l'odeur épouvantables de cette maison ruinée dont nous forcions souvent la porte d'entrée pour éprouver des frissons. Les petites vitres étaient pour la plupart brisées et une atmosphère indicible de désolation suintait des lambris écaillés, des volets branlants, du papier qui pendait des murs, du plâtre qui tombait par plaques, de l'escalier gémissant et des bribes de mobilier qui s'y trouvaient encore. La poussière et les toiles d'araignées ne faisaient qu'ajouter à l'aspect effrayant de l'ensemble et il fallait être bien courageux pour entreprendre l'ascension de l'échelle qui menait au grenier, un long grenier étayé de poutres, éclairé par des œils-de-bœuf situés à l'extrémité des pignons, envahi d'épaves, armoires, fauteuils, rouets sur lesquels s'était déposée la poussière des ans en un linceul festonné qui leur donnait des formes monstrueuses et diaboliques.

Mais, réflexion faite, le grenier n'était pas la partie la plus horrible de l'édifice. C'était la cave humide et suintante qui suscitait en nous la répulsion la plus forte, bien qu'elle fût située au-dessus du niveau de la rue et qu'un mur de brique percé de fenêtres et d'une porte la séparât du trottoir où passaient les voisins. Nous étions toujours pris entre le désir d'y venir pour éprouver une fascination spectrale et celui de l'éviter, de peur de compromettre notre santé mentale. L'odeur qui imprégnait l'ensemble de la maison y était plus forte qu'ailleurs. D'autre part, nous abhorrions les champignons blancs qui, par les étés pluvieux, poussaient subitement sur le sol moisi. Ces champignons, aussi grotesques que la végétation de la cour, avaient des formes vraiment horribles. C'étaient de repoussantes parodies d'agarics et de « pipes indiennes » dont nous n'avions jamais vu les modèles. Ils pourrissaient très vite et, avant de disparaître, émettaient une légère phosphorescence. C'est pourquoi les gens qui d'aventure passaient par là la nuit croyaient apercevoir des feux follets derrière les vitres brisées de ces fenêtres diaboliques.

Même dans les circonstances les plus romanesques, nous ne visitions jamais cette cave la nuit, mais au cours de certaines de nos visites diurnes nous pouvions remarquer le phénomène de phosphorescence, surtout par les jours sombres et humides. Nous avions également le sentiment de percevoir un élément plus subtil, un élément fort étrange qui ne pouvait être tout au plus qu'une suggestion. Je veux parler d'une sorte de dessin nébuleux et blanchâtre sur le sol battu, un vague dépôt mobile de terreau ou de salpêtre que nous croyions parfois pouvoir détecter au milieu des moisissures, à proximité de l'énorme cheminée de la cuisine souterraine. De temps à autre, nous avions le sentiment que ces dessins ressemblaient étrangement à une forme humaine recroquevillée en chien de fusil, bien que généralement cette ressemblance fût factice ; très souvent ce dépôt blanchâtre n'était guère apparent. Un après-midi pluvieux où cette illusion était particulièrement forte et où, de plus, j'avais cru voir une sorte d'exhalaison jaunâtre et tremblante s'élever du dessin azoté vers la cheminée béante, je m'ouvris de mes soupçons à mon oncle. Il sourit de ma remarque, mais son sourire me sembla empreint d'une certaine compréhension. J'appris plus tard qu'une idée du même genre circulait dans les récits que se faisaient les petites gens d'autrefois, idée qu'évoquaient également les formes lupesques et fantomatiques de la fumée dans la grande cheminée, les formes étranges des racines noueuses qui crevaient les murs ébranlés des fondations et poussaient leurs ramifications jusque dans la cave.

II

Quand je devins homme, mon oncle me communiqua les notes et les faits qu'il avait réunis au sujet de la maison maudite. Le Dr. Whipple était un médecin traditionaliste et fort équilibré de la vieille école et, malgré tout l'intérêt qu'il manifestait pour cette maison, il n'avait guère envie d'orienter les préoccupations d'un jeune homme vers l'anormal. Il estimait que, compte tenu de la nature du bâtiment et de ses propriétés manifestement insalubres, il n'y avait rien d'anormal. Mais il avait compris que le pittoresque même qui éveillait son propre intérêt risquait, dans l'imagination d'un enfant, de créer toute une suite de fantasmes dangereux.

Ce médecin célibataire était un vieil homme à cheveux blancs, toujours rasé de près ; historien remarquable, il s'était souvent lancé dans des controverses avec des tenants de la tradition comme Sidney S. Rider et Thomas W. Bicknell. Il n'avait qu'un domestique et vivait dans une maison géorgienne dont la porte d'entrée était décorée d'un heurtoir et dont le perron était muni d'une rampe en fer. Cette demeure était accrochée au flanc abrupt de la rue du Palais de Justice, à proximité de l'ancien tribunal et d'une maison coloniale où son grand-père (cousin du fameux corsaire, le capitaine Whipple, qui avait incendié, en 1722, le *Gaspée*, goélette armée de Sa Majesté) avait voté, le 4 mai 1776, en faveur de l'indépendance de la colonie de Rhode Island. Autour de lui, dans la bibliothèque humide au plafond bas, aux lambris blancs et moisis, à la cheminée sculptée, aux fenêtres couvertes de vigne vierge, subsistaient les vestiges et les chroniques de cette vieille famille où l'on retrouvait de nombreuses allusions à la maison maudite de la rue des Bienfaits. Cet endroit maudit ne se trouve pas très loin, car la rue court derrière le tribunal, au sommet de la colline escarpée où s'étaient installés les premiers colons.

Lorsque, à force d'insister, ma curiosité d'adulte extorqua à mon oncle les histoires dont je cherchais à percer le mystère, il étala devant moi une étrange chronique. Cette longue histoire, statistique et rébarbative dans sa généalogie, contenait cependant toute une suite d'horreurs tenaces et de malveillances surnaturelles qui m'impressionnèrent encore plus qu'elles n'avaient impressionné le bon médecin. Des événements isolés se recoupaient d'une manière étrange et des détails apparemment sans liaison contenaient des myriades de possibilités hideuses. Une nouvelle et irrésistible curiosité s'empara de moi et je compris qu'auprès d'elle, ma quête enfantine avait été bien faible et désordonnée. La première révélation me lança dans une recherche exhaustive et éperdue qui se révéla désastreuse pour moi-même et pour les miens, car mon oncle insista pour m'accompagner dans l'enquête que j'avais entreprise et, au terme d'une nuit dans cette maison, il n'en revint pas. Je me sens bien seul sans cet homme merveilleux dont toute la vie ne fut qu'un tissu de vertus honorables, de bon goût, de gentillesse et d'érudition. J'ai fait élever une urne de marbre à sa mémoire dans le cimetière de Saint-John que Poe aimait tant : petit bois et grands saules sur la colline où les pierres tombales se pressent entre la masse vétuste de l'église, les maisons et les murs de la rue des Bienfaits.

L'histoire de la maison, noyée dans une marée de dates, ne contenait rien de macabre, qu'il s'agît de sa construction ou de la famille honorable et cossue qui l'avait érigée. Cependant, dès le début, une sorte de calamité, dont les événements ne devaient que trop bien confirmer la nature, s'était manifestée. L'histoire, soigneusement rapportée par mon oncle, commence avec la construction des fondations en 1763 et le récit en suit les différentes phases en détail. La maison maudite, semble-t-il, fut d'abord habitée par William Harris, sa femme Rhoby Dexter et leurs enfants, Elkanah, né en 1755, Abigail, née en 1757, William Junior, né en 1759 et Ruth, née en 1761. Harris était un grand marchand et armateur qui faisait commerce avec les Indes occidentales et travaillait avec la maison Obadiah Brown et neveux. Après la mort de Brown en 1761, la nouvelle entreprise de Nicholas Brown et Cie fit de lui le propriétaire du brick *Prudence*, construit dans les arsenaux de Providence, navire de cent vingt tonneaux qui lui permit de posséder la maison qu'il désirait depuis le début de son mariage.

Le site qu'il avait choisi dans le nouveau quartier à la mode de la rue de Derrière, au flanc de la colline qui dominait le quartier populeux de Cheapside, répondait à ses désirs et la maison elle-même était digne du quartier. C'était le maximum de ce que pouvait se permettre une fortune moyenne. Harris n'avait pas tardé à y emménager avant la naissance de son cinquième enfant. Ce garçon naquit en décembre, mais il était mort-né. Aucun autre enfant ne devait naître dans cette maison pendant un siècle et demi.

Au mois d'avril suivant, tous les enfants tombèrent malades et Abigail et Ruth moururent avant le mois de mai. Le docteur Job Hives diagnostiqua une sorte de fièvre infantile, mais d'autres virent dans ces deux décès une sorte de consomption irrémédiable. Cette maladie en tout cas devait être contagieuse, car Hannah Bowen, l'une des deux domestiques, en mourut au mois de juin. Eli Lideason, l'autre servante, se plaignait constamment d'une sorte de faiblesse. Elle serait bien revenue à la ferme de son père, à Rehoboth, si elle ne s'était prise d'affection pour Mehitabel Pierce, qui avait été engagée après la mort d'Hannah. Lui-même mourut l'année suivante ; ce fut une bien triste année, puisqu'elle entraîna également la mort de William Harris, affaibli par le climat de la Martinique où son commerce l'avait retenu de longs mois au cours de la précédente décennie.

Sa veuve, Rhoby Harris, ne résista pas à cette catastrophe et le décès de son aîné Elkanah, deux ans plus tard, compromit définitivement son équilibre mental. En 1768, elle contracta une espèce de folie légère et vécut désormais cantonnée à l'étage. Sa sœur aînée, Mercy Dexter, qui n'était pas mariée, vint s'occuper d'elle. Mercy était une femme osseuse et assez laide, d'une forte constitution, mais sa santé déclina dès son arrivée. Elle était fort dévouée à sa malheureuse sœur et avait une affection particulière pour le seul neveu qui lui restait, William, qui, jadis robuste bébé, était devenu un jeune homme maladif et chétif. Cette année-là la servante Mehitabel mourut et l'autre domestique, Preserved Smith, quitta la maison sans donner d'explication logique ou du moins en racontant des histoires à dormir debout et en se plaignant de la puanteur de l'endroit. Pendant quelque temps, Mercy ne put s'assurer le concours d'aucun domestique, car sept morts et un cas de folie, le tout en l'espace de cinq ans, avaient donné naissance à des bruits et à des bavardages qui devaient ensuite prendre corps. Elle finit cependant par s'attacher une servante venue d'ailleurs, Anne White, femme maussade qui avait vécu dans ce qui était alors Kingstown et qui est devenu la ville d'Exeter, et un brave homme de Boston qui s'appelait Zenas Low.

C'est Anne White qui, la première, répandit des bruits sinistres sur la maison. Mercy aurait mieux fait de ne pas engager une personne du pays de Nooseneck, car ce village perdu dans les bois était alors, comme aujourd'hui, la proie des superstitions les plus folles. En 1892, les gens d'Exeter exhumèrent un cadavre et brûlèrent cérémonieusement son cœur en vue d'éviter certaines prétendues visites dangereuses à l'hygiène et à la paix publiques ; on imaginera sans peine quelles pouvaient être les idées qui avaient cours dans ce village en 1768. Anne avait la langue bien pendue et, au bout de quelques mois, Mercy la renvoya et la remplaça par une femme gentille et fidèle, de Newport, Maria Robbins.

Cependant, la pauvre Rhoby Harris demeurait, dans sa folie, la proie des rêves et des phantasmes des plus hideux. Parfois, ses cris devenaient intolérables et, des heures durant, elle poussait des hurlements horribles qui obligeaient son fils à aller vivre chez son cousin, Peleg Harris, dans le sentier du Presbytère, près des nouveaux bâtiments du collège. Le garçon semblait se bien trouver de ce séjour et si Mercy avait été aussi pratique que bien intentionnée, elle l'aurait définitivement confié à son cousin. La tradition hésite à répéter ce que Mme Harris hurlait dans ses rages. Ou plutôt elle nous rapporte des récits tellement extravagants que leur absurdité même les rend irrecevables. Il semble absurde, en effet, qu'une femme qui n'avait que des rudiments de français ait pu hurler pendant des heures des mots dans cette langue ou que cette même personne, isolée mais surveillée, se plaignît d'être mordue et dévorée par une chose qui la regardait fixement. En 1772, le domestique Zenas mourut et lorsque Mme Harris fut informée de ce décès, elle lança un éclat de rire comme on ne lui en avait jamais entendu. L'année suivante, elle mourut et fut enterrée au cimetière du Nord, à côté de son mari.

Lorsque la guerre avec la Grande-Bretagne éclata, en 1775, William Harris, malgré ses seize ans et sa faible constitution, réussit à s'engager dans l'Armée d'Observation sous les ordres du général Greene. A partir de ce moment-là, la santé lui revint et la gloire lui sourit. En 1780, capitaine des Forces de Rhode Island au New Jersey sous les ordres du colonel Angell, il rencontra et épousa Phebe Hetfield, d'Elisabethtown, qu'il ramena à Providence lorsqu'il fut démobilisé, l'année suivante.

Le retour du jeune capitaine ne fut pas sans tristesse. La maison, il est vrai, était toujours bien tenue ; on avait élargi la rue qui ne s'appelait plus rue de Derrière mais rue des Bienfaits. Cependant, Mercy Dexter, jadis d'une constitution à toute épreuve, était victime d'une étrange dépression ; maintenant toute courbée, elle faisait pitié ; sa voix était devenue caverneuse, sa pâleur effrayante et la seule servante qui lui restait était affectée des mêmes symptômes. A l'automne de 1782, Phebe Harris donna naissance à une fille mort-née et, le 15 mai suivant, Mercy Dexter quitta ce monde après une vie bien remplie, austère et vertueuse.

William Harris, finalement convaincu de la nature radicalement malsaine de sa demeure, se décida à l'abandonner et à y renoncer à jamais. Ayant trouvé une habitation temporaire où abriter sa famille, à la nouvelle Auberge de la Boule d'Or, il entreprit de faire construire une maison plus belle, rue Westminster, dans ce quartier de la ville qui se trouve de l'autre côté du Grand Pont. C'est là que son fils Dutee naquit, en 1785. La famille y demeura jusqu'au moment où des nécessités professionnelles la ramenèrent de ce côté-ci du fleuve et de la colline, rue Angell, dans un nouveau quartier, à l'est, où feu Archer Harris bâtit une somptueuse demeure, au toit malheureusement hideux, en 1876. William et Phebe succombèrent tous deux à l'épidémie de fièvre jaune de 1797, mais Dutee fut élevé par son cousin Rathbone Harris, le fils de Peleg.

Rathbone, qui avait l'esprit pratique, loua la maison de la rue des Bienfaits, malgré le désir qu'avait William de l'abandonner. Considérant qu'il était de son devoir envers son pupille de faire fructifier tous les biens de l'enfant, il ne tint guère compte des morts et des maladies qui s'étaient abattues sur ses habitants, ni de l'aversion croissante dont cette maison faisait l'objet. On peut croire qu'il fut un peu mortifié lorsqu'en 1804 la municipalité lui ordonna de brûler du soufre, du goudron et du camphre dans cette demeure, en raison de la mort douteuse de quatre personnes qui avaient, pensait-on, succombé à l'épidémie de fièvre jaune. On prétendait que la maison avait une odeur de miasmes.

Dutee lui-même ne fut guère attaché à cette maison, car il devint corsaire et se distingua sur le *Vigilant*, sous les ordres du capitaine Cahoone, dans la guerre de 1812. Il revint sain et sauf, se maria en 1814 et devint père dans cette nuit mémorable du 23 septembre 1815 où un cyclone inonda la moitié de la ville et fit s'échouer, dans la rue Westminster, un grand sloop dont les mâts vinrent presque cogner aux fenêtres des Harris, comme pour saluer symboliquement le bébé Welcome, fils de marin.

Welcome mourut avant son père, mais glorieusement, à Fredericksbourg, en 1862. Ni lui ni son fils Archer ne se préoccupèrent de la maison maudite. Ils la considéraient comme une charge, impossible à louer, peut-être à cause de son humidité, de sa puanteur et de sa vieillesse. En fait, elle ne fut jamais louée après une série de morts dont le paroxysme se situe en 1861 mais que les malheurs de la guerre effacèrent. Carrington Harris, le dernier des héritiers mâles, n'y voyait qu'une épave légendaire non dépourvue de pittoresque, jusqu'au jour où je lui dis ce que j'en savais. Il avait l'intention de la démolir et de construire en la place une maison de rapport, mais, après m'avoir entendu, il décida de la garder, de la moderniser et de la louer. Il n'éprouva aucune difficulté à le faire. L'horreur en était passée.

III

On imagine aisément à quel point je fus touché par la chronique historique des Harris. Tout au long de cette chronique je croyais voir régner un mal tenace, différent de tout ce que j'avais jamais connu. Un mal manifestement inhérent à la maison et non pas à la famille. Cette impression fut confirmée par un ensemble systématique de faits indépendants, notés par mon oncle, légendes rapportées par les bavardages des domestiques, articles de journaux, copies de permis d'inhumer rédigés par les médecins, etc. Je ne puis songer à reproduire ici ces documents fort nombreux, car mon oncle était passionné d'histoire et s'intéressait beaucoup à la maison maudite. Je puis toutefois dégager certains points particuliers qui méritent d'être notés par leur répétition et la diversité de leurs origines. Ainsi, les bavardages des domestiques semblaient tous attribuer à la *cave* malodorante et humide une part prépondérante dans cette influence maléfique. Certains serviteurs, et surtout Anne White, n'utilisaient pas la cuisine de la cave ; et au moins trois légendes fort précises insistaient sur la forme quasi humaine et diabolique des racines d'arbres et des moisissures qui s'y trouvaient. Ces récits m'intéressèrent vivement, étant donné ce que j'avais noté moi-même dans mon enfance, mais j'avais le sentiment que la plupart de ces rapports avaient été, dans chaque cas, obscurcis par ce qu'y ajoutaient les traditions locales concernant les histoires de fantômes.

Anne White, nourrie des superstitions d'Exeter, avait fait le récit le plus extravagant, et en même temps le plus logique. Elle prétendait que sous la maison devait être enterré un de ces vampires (cadavres qui gardent leur forme humaine en se nourrissant du sang et du souffle des vivants) dont les légions hideuses libèrent la nuit les formes ou les esprits prédateurs. Pour détruire un vampire, on doit, disent les grands-mères, l'exhumer et brûler son cœur ou du moins y planter un pieu. Et l'insistance obstinée qu'avait mise Anne White à fouiner dans la cave avait fini par provoquer son renvoi.

Cependant, ses récits trouvaient une large audience et étaient d'autant plus aisément acceptés que la maison avait été érigée sur un terrain jadis utilisé comme cimetière. A mes yeux, leur intérêt dépendait moins de ces circonstances que du fait troublant qu'ils recoupaient certains autres indices : plaintes du domestique Preserved Smith qui avait précédé Anne et n'avait jamais entendu parler d'elle (il prétendait que quelque chose « buvait son souffle » la nuit) ; permis d'inhumer des victimes de la fièvre de 1804, établis par le docteur Chad Hopkins, révélant que les quatre personnes décédées n'avaient plus une goutte de sang ; passages obscurs des délires de la pauvre Rhoby Harris, se plaignant de dents aiguisées, d'une présence aux yeux vitreux, à demi visible.

Si sceptique que je sois devant ces superstitions, elles produisirent néanmoins sur mon esprit une sensation bizarre, renforcée par deux coupures de journaux relatives à des morts qui s'étaient produites, à de longues années d'intervalle, dans la maison maudite. L'une de la *Gazette de Providence et des Environs* du 12 avril 1815, et l'autre de *La Chronique quotidienne* du 27 octobre 1845. Chacune de ces coupures rapportait en détail une circonstance particulièrement macabre dont la répétition était étonnante. D'après elles, dans les deux cas, les agonisants, en 1815 une brave vieille dame du nom de Stafford, en 1845 un instituteur d'une quarantaine d'années nommé Eleazar Durfee, subirent une horrible métamorphose. Considérant d'un œil vitreux la gorge du médecin qui les soignait, ils essayèrent de la mordre. Le phénomène le plus troublant, et qui mit un terme à la location de la maison, fut une série de morts dues à l'anémie et précédées de folies progressives au cours desquelles les malades essayaient d'attenter par ruse à la vie de leurs parents en leur mordant le cou et les poignets.

Ceci se passait en 1860 et 1861, alors que mon oncle venait de commencer à pratiquer la médecine. Avant de partir pour le front, il avait entendu ses collègues évoquer cette affaire. L'élément vraiment inexplicable était la manière dont les victimes (personnes ignorantes, car on ne pouvait plus alors louer la maison méphitique et maudite qu'à des personnes de cette classe) balbutiaient des malédictions en français, langue qu'elles n'avaient certainement pas apprise. On songea alors à la pauvre Rhoby Harris, morte depuis près d'un siècle, et mon oncle en fut si ému qu'il commença à réunir des documents historiques sur la maison après avoir entendu, quelque temps après son retour de la guerre, le récit authentique des Drs. Chase et Whitmarsh. Je me rendais bien compte que mon oncle avait beaucoup réfléchi à cette affaire et se félicitait de la curiosité ouverte et sympathique que je témoignais et qui lui permettait d'évoquer avec moi une question dont d'autres se seraient contentés de rire. Son imagination ne l'avait pas entraîné aussi loin que la mienne, mais il avait le sentiment que cette maison suscitait des débauches mentales et pouvait servir le propos de quiconque entendait explorer le domaine du grotesque et du macabre.

Pour ma part, j'étais enclin à considérer le sujet avec un profond sérieux et je me mis immédiatement non seulement à contrôler les preuves, mais à accumuler tous les faits que je pus réunir. Je m'entretins avec le vieux Archer Harris, alors propriétaire de la maison, à plusieurs reprises avant sa mort en 1916; j'obtins de lui et de sa sœur Alice des preuves authentiques de la véracité des documents réunis par mon oncle, mais lorsque je leur demandai quel rapport cette demeure avait bien pu avoir avec la France ou la langue française, ils s'avouèrent tout aussi intrigués et ignorants que moi. Tout ce que Mlle Alice put me dire, c'est que son grand-père, Dutee Harris, avait entendu parler de quelque chose qui n'était qu'un indice. Le vieux marin, qui avait survécu deux ans à la mort de son fils Welcome, n'avait pas connu lui-même cette légende, mais il se souvenait que sa première gouvernante, la vieille Maria Robbins, avait vaguement entendu parler de quelque chose qui aurait pu donner un sens étrange au délire français de Rhoby Harris qu'elle avait si souvent entendu au cours des derniers jours que cette malheureuse avait passés sur terre. Maria avait vécu dans la maison maudite de 1769 à 1783, date à laquelle la famille avait déménagé, et elle avait assisté à l'agonie de Mercy Dexter. Un jour, elle y avait fait allusion devant le petit Dutee et lui avait rapporté un détail étrange de cette agonie. Mais il n'avait pas tardé à tout oublier, se rappelant seulement que c'était quelque chose d'étrange. De plus, l'héritière avait du mal à se souvenir de cet entretien. Son frère et elle ne s'intéressaient pas autant à la maison que le fils d'Archer, Carrington, propriétaire actuel, avec qui je m'entretins, après mon expérience.

Ayant obtenu de la famille Harris toutes les informations qu'elle pouvait me donner, je me mis à étudier les documents municipaux et l'histoire de la ville avec un sérieux et une attention supérieurs à ceux qu'avait déployés mon oncle en semblables circonstances. Je voulais connaître parfaitement l'histoire de la maison depuis le début de la colonisation, en 1636, ou même auparavant, et retrouver, si possible, toutes les légendes indiennes du Narragansett pour étayer les faits. Je m'aperçus, dès le début de mes recherches, que ce terrain avait fait partie d'une longue bande de lotissements accordés à l'origine à John Throckmorton ; c'était l'un des nombreux lotissements analogues qui, partant de la rue de la Ville, le long du fleuve, escaladaient la colline jusqu'à l'endroit où se trouve aujourd'hui la rue de l'Espoir. Le lotissement de Throckmorton avait été ensuite divisé en plusieurs parcelles. J'étudiai plus particulièrement la région où devait passer plus tard l'ex-rue de Derrière, la rue des Bienfaits. On disait que sur cet emplacement se trouvait jadis le cimetière des Throckmorton ; mais en étudiant les documents de plus près, je m'aperçus que les tombes avaient toutes été transférées très tôt au cimetière du Nord, sur la route de l'Ouest qui mène à Pawtucket.

Puis, soudain, je découvris (par un hasard extraordinaire, puisqu'il ne se trouvait pas dans le corpus de documents et aurait aussi bien pu m'échapper) un document qui éveilla mon intérêt, car il recoupait plusieurs des éléments les plus étranges de cette histoire. Il s'agissait du bail d'un petit lopin de terre accordé en 1697 à un certain Étienne Roulet et à sa femme. Voilà que l'élément français apparaissait, élément français doublé d'un élément d'horreur que ce nom même évoquait, à la suite des lectures les plus étranges et les plus bizarres que j'aie jamais faites. Je me mis à étudier fébrilement la configuration de la commune, telle qu'elle existait lorsqu'on avait rectifié la rue de Derrière, entre 1747 et 1758. Je découvris une chose à laquelle je m'attendais à moitié : là où se trouvait maintenant la maison maudite, les Roulet avaient installé leur cimetière, derrière une petite maison à un étage avec grenier, mais il ne subsistait aucune trace d'un transfert de leurs tombes. Ce document se terminait dans la plus grande confusion et il me fallut écumer la Société historique de Rhode Island et la bibliothèque Shepley avant de découvrir un indice relatif à Étienne Roulet. Je finis par découvrir quelque chose d'une importance tellement monstrueuse que je me mis immédiatement à explorer la cave de la maison maudite avec une minutie passionnée.

Il semble que les Roulet soient arrivés en 1696 de Greenwich sur la côte occidentale de la baie de Narragansett. C'étaient des huguenots de Caude qui avaient éprouvé de grandes difficultés à obtenir de la municipalité de Providence la permission de s'installer en ville. Ils étaient fort impopulaires à Greenwich où ils étaient arrivés en 1686, après la Révocation de l'Édit de Nantes, et la rumeur publique prétendait que cette antipathie n'était pas due seulement à des préjugés raciaux et nationaux ou à de ces controverses terriennes qui opposent d'autres pionniers français à leurs rivaux anglais, controverses que même le gouverneur Andros était bien incapable d'apaiser. Mais leur protestantisme passionné, trop passionné, murmuraient certains, et leur détresse manifeste lorsqu'ils avaient été chassés du village avaient fini par leur faire obtenir un asile. Et Étienne Roulet, moins apte à cultiver les champs qu'à lire des ouvrages étranges et à inventer de curieux dessins, reçut un poste administratif au dépôt du port, à Pardon Tillinghast, au bas de la rue de la Ville. Il y avait eu une sorte d'émeute par la suite (quelque quarante ans plus tard, après la mort du vieux Roulet), après quoi personne ne semblait avoir entendu parler de cette famille.

Pendant plus d'un siècle, se souvenant des Roulet, on avait passionnément évoqué la mémoire de ceux qui avaient troublé la vie paisible d'un port de Nouvelle-Angleterre. C'était Paul surtout, le fils d'Étienne, garçon taciturne dont la conduite désordonnée avait sans doute provoqué l'émeute qui avait déshonoré sa famille, qui faisait l'objet des discussions. Bien que Providence ne partageât pas les terreurs qu'inspirait à ses voisins puritains la sorcellerie, les vieilles femmes disaient fort librement que ses prières n'étaient guère orthodoxes. Tout cela avait sans aucun doute contribué à donner naissance à la légende dont s'était faite l'écho la vieille Maria Robbins. Quel rapport elle pouvait avoir avec les délires français de Rhoby Harris et des autres habitants de la maison maudite, seules l'imagination ou de futures découvertes pourraient le dire. Je me demandais combien de ceux qui avaient entendu ces légendes comprenaient le lien supplémentaire avec la chose terrible que mes nombreuses lectures m'avaient fournie. Ce fait divers, redoutable dans les annales de l'horreur morbide, raconte l'histoire de *Jacques Roulet de Caude* qui, en 1589, fut condamné à mort pour activité démoniaque, mais ensuite sauvé du bûcher par le parlement de Paris et interné dans un asile d'aliénés. On l'avait trouvé couvert de sang et de lambeaux de chair dans un bois, peu après qu'un enfant eut été dévoré par deux loups. L'un de ceux-ci s'était enfui, sain et sauf. C'était à coup sûr une de ces bonnes légendes qu'on se raconte au coin du feu, pleine de sous-entendus quant aux noms et aux lieux. Mais je me dis que les habitants de Providence ne risquaient guère d'en avoir entendu parler. Dans l'hypothèse contraire, la coïncidence des noms aurait entraîné des décisions impitoyables dues à la peur. En fait, quelques chuchotements n'auraient-ils pas suffi à provoquer l'émeute qui chassa les Roulet de la ville ?

Je me mis alors à visiter l'endroit maudit de plus en plus souvent. J'étudiai la végétation malsaine qui poussait dans le jardin, je sondai les murs de la maison et j'explorai chaque pouce du sol de la cave. Finalement, avec la permission de Carrington Harris, j'introduisis une clé dans la porte de la cave qui ouvrait sur la rue des Bienfaits, de manière à gagner ainsi plus rapidement le monde extérieur qu'en passant par l'escalier obscur, le rez-de-chaussée et la porte d'entrée. En cet endroit où s'amassaient des ténèbres morbides, je me livrais à mes explorations des après-midis entiers, tandis que la lumière du soleil filtrait par la porte envahie de toiles d'araignées, à quelques pas seulement du trottoir paisible. Rien de nouveau ne récompensait mes efforts. C'étaient toujours la même humidité déprimante, de vagues indices d'odeurs méphitiques, des traces de salpêtre sur le sol et j'imagine que bien des passants intrigués devaient me regarder par les vitres brisées.

Finalement, sur la suggestion de mon oncle, je décidai d'explorer ce lieu la nuit. Un soir de tempête, à minuit, je pénétrai, armé d'une torche électrique, dans la cave pour étudier, sur le sol moisi, les formes torturées des champignons à demi phosphorescents. L'atmosphère des lieux avait abattu mon courage ce soir-là et je ne fus guère surpris lorsque j'aperçus, ou crus apercevoir, parmi les dépôts blanchâtres, l'esquisse assez nette d'une forme humaine recroquevillée en chien de fusil. Je m'en doutais depuis longtemps. La fermeté du dessin cependant était étonnante et, en observant de plus près, je crus voir la fine exhalaison jaunâtre qui m'avait tant étonné par un après-midi pluvieux, bien des années auparavant.

Elle s'élevait au-dessus de la tache anthropomorphique du terreau, près de la cheminée. C'était une vapeur subtile, maladive, quasi lumineuse qui, suspendue dans l'air humide, semblait se diluer en une forme vague et repoussante et, devenue nuageuse, montait dans la grande cheminée noire, pour ne laisser dans son sillage qu'une puanteur horrible. Horrible vraiment, d'autant plus que je connaissais l'histoire de ce lieu. Refusant de m'enfuir, je regardai la forme s'évanouir et tandis que je l'observais, je m'aperçus qu'elle me regardait à son tour d'un air vorace, avec des yeux plus imaginables que visibles. Lorsque je rapportai ce phénomène à mon oncle, il fut fortement troublé et, au bout d'une heure d'intense réflexion, il prit une décision irrévocable. Considérant l'importance de ces faits et le sens de notre enquête, il voulut que nous éprouvions, et si possible détruisions, l'horreur qui régnait dans cette maison en veillant tous deux plusieurs nuits de suite si besoin était, dans cette cave moisie et maudite.

IV

Le mercredi 25 juin 1919, après avoir fait part de notre projet à Carrington Harris, sans toutefois lui révéler nos soupçons, mon oncle et moi-même transportâmes dans la maison maudite deux fauteuils pliants, un lit de camp et un certain nombre de lourds et complexes instruments scientifiques. Nous les disposâmes dans la cave pendant le jour, obstruâmes les fenêtres avec du papier et décidâmes de revenir le soir, pour notre première veille. Nous avions fermé à clé la porte qui menait de la cave au rez-de-chaussée. Comme nous avions la clé qui ouvrait la porte de la rue, nous allions pouvoir laisser là les appareils fort coûteux et fragiles que nous nous étions procurés secrètement et à grand prix, aussi longtemps que nos veilles devraient durer. Nous avions l'intention de passer la nuit en prenant le quart toutes les deux heures, moi d'abord, mon oncle ensuite. Celui qui ne veillerait pas se reposerait sur le lit.

La résolution avec laquelle mon oncle se procura les instruments au laboratoire de Brown University et à l'arsenal de la rue Cranston, et prit d'instinct la direction de cette aventure, fut un merveilleux exemple de la vitalité et de la résistance d'un vieillard de quatre-vingt-un ans. Elihu Whipple avait toujours observé les règles d'hygiène qu'il recommandait à ses malades et je pense qu'il serait toujours des nôtres, sans l'événement que je vais rapporter. Deux personnes seulement se doutent de ce qui s'est passé, Carrington Harris et moi-même. Je dus lui raconter l'histoire : il était le propriétaire de la maison et il fallait bien qu'il sût ce qu'il en était. De plus, nous nous étions ouverts à lui de notre projet et j'espérais qu'après la mort de mon oncle, il comprendrait la situation et m'aiderait à fournir au public les explications nécessaires. Il pâlit, mais accepta de m'aider et décida qu'il pourrait désormais louer la maison sans danger.

Prétendre que nous n'étions pas inquiets, par cette nuit pluvieuse où nous prîmes notre première veille, serait une bravade ridicule. Nous n'étions pas, comme je l'ai dit, puérilement superstitieux, mais nos études scientifiques et nos méditations nous avaient enseigné que l'univers connu à trois dimensions ne comprend qu'une infime partie de tout le cosmos de substance et d'énergie. Dans cette perspective, le poids des preuves fournies par de nombreuses sources authentiques démontrait l'existence tenace de certaines forces très puissantes et d'une malignité exceptionnelle à l'égard des hommes. Dire que nous croyions véritablement aux vampires et aux loups-garous serait une déclaration inconsidérée. Il conviendrait plutôt de dire que nous n'étions pas disposés à nier la possibilité de certaines modifications insolites et peu connues de la force vitale et de la matière atténuée. Elles apparaissent rarement dans l'espace à trois dimensions, à cause de leur rapport plus intime avec d'autres unités spatiales ; pourtant elles sont assez proches des frontières de notre univers pour se manifester parfois dans des circonstances telles que nos sens, impropres à cette perception, ne nous permettront sans doute jamais de les comprendre.

En bref, il nous semblait, à mon oncle et à moi, qu'un ensemble de phénomènes inéluctables démontraient la présence larvée d'une certaine influence dans la maison maudite. Cette influence pouvait être imputable à l'un ou l'autre des malheureux pionniers français, morts deux siècles auparavant, et opérer à ce jour selon les lois inconnues du mouvement atomique et électronique. Que la famille Roulet eût présenté une affinité anormale pour les lieux extérieurs de l'entité, pour les sombres sphères qui n'inspirent aux gens normaux que répulsion et terreur, ce qu'on savait d'eux semblait le prouver. Les émeutes qui s'étaient déroulées vers 1730 n'avaient-elles pas mis en branle certaines forces cinétiques dans la cervelle morbide de l'un ou de plusieurs d'entre eux (et surtout du sinistre Paul Roulet), forces qui survivaient obscurément aux squelettes et continuaient à fonctionner dans un espace à plusieurs dimensions, suivant les lignes originales de forces commandées par une haine inexpiable envers la collectivité qui les entourait? Ce n'était pas là sûrement une impossibilité chimique ou physique, à la lumière d'une science qui nous a révélé les théories de la relativité et de l'action intra-atomique. On pourrait aisément supposer un noyau étranger de substance ou d'énergie, informe ou de forme inimaginable, maintenu vivant par des ponctions imperceptibles ou immatérielles faites dans la force vitale, le tissu corporel et les fluides d'êtres immédiatement vivants dans lesquels il pénètre et dans le tissu desquels il s'insinue. Ce noyau pourrait être franchement hostile ou n'obéir qu'à des raisons aveugles de subsistance personnelle. Quoi qu'il en soit, un monstre de ce genre doit nécessairement, dans notre vision des choses, être considéré comme une anomalie ou une intrusion que tout homme, défenseur de la vie, de la santé et de l'équilibre mental de ses frères humains, doit s'attacher à éliminer.

Ce qui nous troublait le plus, c'était notre ignorance totale de l'aspect sous lequel se manifesterait la chose. Aucune personne sensée ne l'avait jamais vue et peu d'entre elles l'avaient vraiment sentie. Ce pouvait être une énergie pure, une forme éthérée, étrangère au royaume de la substance, ou un être partiellement matériel; une masse plastique équivoque et inconnue, capable de se transformer à volonté en approximation nébuleuse des états solide, liquide, gazeux, ou fractionnée en particules. La tache anthropomorphique des moisissures sur le sol, la forme de la vapeur jaunâtre, la courbe des racines d'arbres dans certaines des vieilles légendes, tout contribuait à la présenter comme une reproduction plus ou moins lointaine de la forme humaine. Mais, si représentative ou permanente qu'ait pu être cette ressemblance, personne ne pouvait l'affirmer avec certitude.

Nous avions conçu deux armes pour la combattre. Un grand tube de Crookes, adapté à la circonstance, mû par de puissantes batteries à accumulateurs, muni d'écrans et de réflecteurs spéciaux, au cas où la forme s'avérerait intangible et à l'abri de toute arme autre que les radiations d'éther. Et deux lance-flammes comme on en utilisa lors de la Grande Guerre, au cas où elle s'avérerait en partie matérielle et vulnérable par des moyens mécaniques. Car, semblables aux paysans superstitieux d'Exeter, nous étions prêts à brûler son cœur, si elle avait un cœur à brûler. Ces armes offensives furent placées dans la cave, en des positions soigneusement calculées par rapport au lit de camp, aux fauteuils, et à l'endroit, devant la cheminée, où le terreau avait pris ces formes étranges. Ces moisissures, soit dit en passant, étaient à peine visibles quand nous disposâmes nos meubles et nos instruments, et aussi quand nous revînmes ce soir-là pour veiller. Un instant, je me demandai même si je les avais vues d'une manière plus précise ; mais alors je songeai aux légendes.

Notre veillée dans la cave commença à dix heures. Au fur et à mesure que la nuit s'écoulait, nous renoncions à l'espoir d'une révélation. Une lueur timide, filtrant des lampadaires battus par la pluie sur le trottoir, et une faible phosphorescence, provenant des champignons qui couvraient le sol, révélaient la pierre suintante des murs d'où toute trace de chaux avait disparu, le sol humide, fétide, rempli de moisissures, couvert de champignons obscènes, les vestiges pourrissants de ce qui avait été jadis des tabourets, des chaises, des tables et d'autres meubles devenus informes, les lourdes planches et les poutres massives du plafond de la cave, la porte décrépite qui donnait accès aux autres pièces de la maison, l'escalier de pierre délabré, muni d'une rampe en bois vermoulu, la cheminée caverneuse de briques noircies où des morceaux de fer rouillés révélaient la présence, jadis, de crochets, de chenets, de broches, de poulies ; et une porte ouvrant sur un four, à quoi il convient d'ajouter notre lit de camp, nos fauteuils pliants, ainsi que les lourds et complexes instruments de mort que nous avions apportés.

Au cours de mes précédentes explorations, nous avions laissé la porte de la rue ouverte ; ainsi, une retraite immédiate et commode nous était ménagée au cas où nous ne pourrions nous rendre maîtres des manifestations. Nous pensions que notre présence nocturne ne manquerait pas d'exciter l'entité maligne qui était tapie en ces lieux, et que, bien préparés, nous pourrions régler son compte à cette chose, à l'aide de l'une ou l'autre de nos armes, dès que nous l'aurions reconnue et suffisamment observée. Nous n'avions aucune idée du temps qu'il nous faudrait pour la susciter ou la détruire. Nous avions bien pensé, assurément, que notre aventure était loin d'être de tout repos. Car personne ne pouvait dire de quelle force disposerait la chose. Mais nous pensions que le jeu en valait la chandelle et nous nous étions lancés dans cette entreprise tout seuls, sans l'ombre d'une hésitation. Nous savions, en effet, que tout recours à une aide extérieure n'eût fait que nous exposer au ridicule et risquer de compromettre le succès de notre expérience. Telles étaient nos dispositions d'esprit quand nous conversâmes fort tard cette nuit-là, jusqu'au moment où la fatigue de mon oncle me fit penser qu'il devrait s'étendre pour dormir deux heures.

Une sorte de peur me fit frissonner tandis que j'attendais tout seul le petit matin. Je dis tout seul, car quelqu'un qui veille près d'un dormeur est en fait tout seul. Peut-être plus seul qu'il ne le pense. Mon oncle respirait lourdement ; sa respiration était scandée par la pluie à l'extérieur et soulignée par un autre bruit énervant de gouttes qui tombaient quelque part dans la maison, car cette demeure, humide même par temps sec, devenait, sous la tempête, assez semblable à un marécage. J'observais la maçonnerie délabrée des vieux murs à la lueur des champignons phosphorescents et des rayons de lumière affaiblie qui passaient par les fenêtres obturées. Puis, lorsque l'atmosphère déprimante de l'endroit m'excéda, j'ouvris la porte et regardai dans la rue, posant mon regard sur les lieux familiers et humant l'air frais. Il ne se passa rien qui récompensât ma veille. Je me mis à bâiller plusieurs fois ; la fatigue l'emportait sur la peur.

Soudain, un mouvement de mon oncle, dans son sommeil, attira mon attention. Il s'était retourné plusieurs fois sur son lit au cours de la première demi-heure, mais maintenant, il respirait avec difficulté et poussait parfois un soupir qui ressemblait plutôt à un gémissement étouffé. Je braquai ma torche électrique sur lui et m'aperçus qu'il s'était retourné. Je me levai, me dirigeai de l'autre côté du lit et éclairai son visage pour voir s'il éprouvait quelque douleur. Le spectacle qui s'offrit à mes yeux me surprit, chose assez curieuse, étant donné sa banalité. Ce devait être simplement le rapport entre ce spectacle et la nature sinistre de notre quête et de l'endroit où nous étions, car ce que je vis n'avait en soi rien d'effrayant ou d'anormal. L'expression du visage de mon oncle, troublé sans doute par les rêves étranges que notre situation lui inspirait, révélait une grande agitation et ne lui ressemblait pas le moins du monde. Il était d'ordinaire fort calme et bienveillant : or, voici qu'une série d'émotions semblaient s'emparer de lui. Je crois que c'est surtout cette *variété* d'émotions qui me troubla particulièrement. Mon oncle haletait et se retournait, de plus en plus troublé, les yeux maintenant mi-clos ; il semblait avoir perdu son identité et incarner plusieurs hommes ; on eût dit qu'il s'était en quelque sorte aliéné.

Tout à coup, il commença à murmurer et je frissonnai en regardant sa bouche et ses dents. Les mots qu'il prononçait furent d'abord indistincts, puis j'y reconnus en sursautant quelque chose qui me remplit d'une terreur glaciale, jusqu'au moment où je me souvins de l'étendue de ses connaissances et des interminables traductions qu'il avait faites d'articles anthropologiques et archéologiques de la *Revue des Deux Mondes*. Car le vénérable Elihu Whipple marmonnait *en français* et les quelques phrases que je pus reconnaître semblaient se rapporter aux mythes ésotériques qu'il avait adaptés du fameux périodique parisien.

Soudain, la sueur envahit le front du dormeur, il se dressa brusquement, à moitié éveillé. Ses bribes de français se transformèrent en un cri anglais et il s'écria d'une voix rauque : « Mon souffle, mon souffle ! » En suite de quoi, il s'éveilla complètement. Son visage reprit une expression normale et mon oncle, me prenant la main, commença à me raconter un rêve qui, lorsque j'en compris l'essentiel, me remplit de terreur.

Il avait commencé par entrer dans une série toute normale d'images oniriques. Puis une scène s'était déroulée dont l'étrangeté n'avait aucun rapport avec ses lectures. Il se trouvait dans ce monde sans y être : une confusion géométrique ténébreuse dans laquelle on pouvait apercevoir les éléments d'objets familiers entrant dans des combinaisons inusitées et troublantes. C'était comme un ensemble désordonné de tableaux surimprimés les uns aux autres, une disposition dans laquelle les principes mêmes du temps et de l'espace semblaient se diluer et se télescoper de la manière la plus illogique. Dans ce tourbillon kaléidoscopique d'images fantasmagoriques surgissaient parfois, pour ainsi dire, des instantanés d'une singulière netteté, mais d'une hétérogénéité incroyable.

Un moment, mon oncle crut qu'il gisait dans une fosse inconsidérément ouverte, bordée d'une foule de visages furieux, encadrés de boucles désordonnées et coiffés de tricornes, qui lui faisaient les gros yeux. Puis, il eut le sentiment de se trouver à l'intérieur d'une maison, d'une vieille maison apparemment, dont les détails et les habitants se métamorphosaient constamment. Il n'avait aucune certitude quant aux visages et aux meubles, ni même à la pièce, car les portes et les fenêtres paraissaient subir les conséquences de ce flux au même titre que des objets plus mobiles. C'était étrange, vraiment étrange, et mon oncle m'en parla presque timidement, comme s'il craignait de n'être pas cru, lorsqu'il déclara que parmi ces visages insolites, beaucoup avaient les traits des Harris. Et tout ce temps-là, il éprouvait une sensation personnelle d'étouffement, comme si quelque présence insinuante s'était logée dans son corps et essayait de s'emparer des sources mêmes de sa vie. Je frissonnai en songeant à ces sources de vie, usées par quatre-vingt-une années de fonctionnement continu, en conflit avec des forces inconnues dont un organisme même plus robuste et plus jeune n'aurait su se rendre maître. Mais je me dis, ensuite, que les rêves ne sont que des rêves, et que ces visions gênantes n'étaient au plus que la réaction de mon oncle aux préoccupations et aux préparatifs qui nous avaient absorbés récemment, à l'exclusion de toute autre chose.

Sa conversation ne tarda pas à dissiper le sentiment d'étrangeté que j'avais éprouvé. Mon oncle semblait tout à fait réveillé et fort heureux de prendre la garde à son tour, bien que son cauchemar ne lui eût pas accordé les deux heures de répit auxquelles il avait droit.

Je ne tardai pas à sombrer dans le sommeil et je fus immédiatement la proie de rêves fort troublants. J'éprouvais une solitude cosmique et abyssale; des forces hostiles se dressaient de toutes parts sur la prison où j'étais confiné; j'avais l'impression d'être ligoté, bâillonné et assailli par les cris sonores de multitudes qui, au loin, avaient soif de mon sang. Le visage de mon oncle m'apparut sous un jour moins plaisant que dans la réalité et je me souviens des nombreuses luttes futiles que j'entrepris pour essayer de crier. Ce ne fut pas un sommeil agréable et pendant une seconde je ne regrettai pas le cri qui perça les barrières du rêve et me dressa sur mon lit, brusquement alerté ; j'aperçus devant moi les objets qui m'entouraient en relief et plus nets qu'ils ne l'étaient d'habitude dans l'univers réel.

V

Je m'étais endormi, le dos tourné au fauteuil sur lequel était assis mon oncle, de sorte qu'en me réveillant brusquement, je vis la porte qui menait à la rue, la fenêtre au nord, le mur, le plancher et le plafond du côté nord de la pièce, le tout photographié avec une netteté morbide dans mon esprit, dans une lumière plus vive que n'en émettaient la lueur des champignons ou les rayons de la rue. Ce n'était pas une lumière forte, ni même assez forte : elle n'était certainement pas assez dense pour permettre la lecture, mais elle projetait l'ombre du lit et de mon corps sur le plancher et elle avait une nuance jaunâtre d'une intensité pénétrante qui évoquait quelque chose de plus fort que la luminosité. Je perçus ce phénomène et m'en alarmai, bien que deux autres de mes sens fussent également alertés. J'avais toujours aux oreilles l'écho de ce cri déchirant et mes narines se révulsaient devant la puanteur qui envahissait les lieux. Mon esprit, aussi vif que mes sens, reconnut immédiatement la gravité de ces éléments insolites et, presque automatiquement, je bondis et me retournai pour saisir les instruments de mort qui devaient se trouver sur les moisissures, devant la cheminée. En me retournant, je redoutai ce que j'allais voir, car le cri que j'avais entendu ne pouvait avoir été poussé que par mon oncle et j'ignorais contre quelle menace je devrais le défendre et me défendre.

Cependant, le spectacle qui s'offrit à ma vue fut pire que tout ce que j'avais rêvé. Il y a des horreurs qui dépassent l'horreur, et j'étais en présence de ces paroxysmes hideux et cauchemardesques que le cosmos réserve aux malheureux qu'il veut maudire. Sur le sol infesté de champignons s'élevait un corps lumineux et vaporeux, jaune et morbide, qui se liquéfiait et grandissait dans des proportions gigantesques, prenait la forme vague d'un être, mi-humain mi-monstre, à travers lequel j'apercevais la cheminée. Cet être était tout en yeux, comme un loup moqueur, et sa tête rugueuse, semblable à celle d'un insecte, se diluait au sommet en une fine vapeur brumeuse et putride qui se déroulait dans la pièce, avant de passer dans la cheminée. Je dis que j'ai vu cette chose, mais ce n'est qu'en recomposant consciemment la scène que j'ai réussi finalement à en discerner les formes abominables. Sur l'instant ne m'apparut qu'un nuage, vaguement phosphorescent, d'horreurs spongieuses, enveloppant et dissolvant en une matière horriblement plastique le seul objet sur lequel mon attention était concentrée. Cet objet était mon oncle, le vénérable Elihu Whipple, qui, les traits noircis et décrépits, ricanait, balbutiait et étendait des doigts dégouttants vers moi comme pour me déchirer, en proie à la fureur que cette horreur avait provoquée.

Je dus à mon expérience de ne pas sombrer dans la folie. Je m'étais préparé à ce moment crucial et c'est à cet entraînement inconscient que je dus mon salut. Comprenant que cette malignité liquéfiée n'avait aucune substance que pût affecter la matière ou la chimie matérielle, je renonçai au lance-flammes qui se trouvait à ma gauche et déclenchai le courant du tube de Crookes en dirigeant vers la scène de ce blasphème immortel les plus fortes radiations d'éther que le génie humain puisse capter dans l'espace et dans les fluides de la nature. Il y eut une vapeur bleuâtre, un crachotement saccadé et la phosphorescence jaunâtre s'estompa, mais je compris que cet évanouissement n'était dû qu'au contraste et que les ondes émises par ma machine n'avaient aucun effet.

Alors, au cœur de ce spectacle démoniaque, j'aperçus une nouvelle horreur qui fit monter un cri à mes lèvres et me repoussa en titubant par la porte ouverte, vers la rue paisible, peu soucieux des terreurs abominables que je pouvais déchaîner sur le monde ou des jugements que je risquais de m'attirer. Dans ce sombre mélange de bleu et de jaune, le corps de mon oncle avait commencé à se liquéfier d'une manière révulsante. Il est impossible de décrire l'essence de cette liquéfaction, ni les degrés de métamorphose que révélait son visage et que seule la folie pourrait concevoir. Il devenait à la fois diable et multitude, charnier et cavalcade. A la lueur des rayons mêlés et incertains, ce visage gélatineux prenait une douzaine, une vingtaine, une centaine de formes, s'enfonçait en grimaçant dans le sol sur un corps qui fondait comme du suif, caricature parfaite de légions étranges et pourtant familières.

Je vis les traits de tous les Harris, hommes, femmes, adultes, enfants, puis les traits des vieux et des jeunes, des raffinés et des brutes, des amis et des ennemis. Pendant une seconde, surgit une contrefaçon dégradée d'une miniature de la pauvre Rhoby Harris que j'avais vue au musée de l'École de dessin, puis je crus apercevoir le visage osseux de Mercy Dexter, telle que je me la rappelais d'après un tableau dans la maison de Carrington Harris. C'était plus effrayant que tout ce qu'on pouvait imaginer. Vers la fin, un curieux mélange de visages de serviteurs et de bébés apparut près du sol spongieux, où une flaque de graisse verdâtre s'épaississait, et les traits grimaçants semblaient se combattre et cherchaient à retrouver l'expression habituelle à mon oncle. J'aime à croire qu'il existait encore en cet instant-là et qu'il essayait de me dire adieu. Je crois que je hoquetai moi-même un adieu, la gorge sèche, en trébuchant dans la rue. Un petit filet de graisse me suivit par la porte, sur le trottoir lavé de pluie.

Le reste est obscur et monstrueux. Pas une âme dans la rue pluvieuse, personne au monde à qui j'osasse raconter ce qui s'était passé. Je déambulai au hasard, passai devant la colline du Collège et l'Athénée, descendis la rue Hopkins, traversai le pont, entrai dans le quartier des affaires où de grands édifices semblaient me protéger, comme les éléments matériels du monde moderne protègent les hommes du merveilleux malsain d'autrefois. Puis l'aube grise parut, tout humide, à l'est : et la vieille colline, avec ses vénérables clochers, se détacha sur le ciel et m'attira vers le lieu où je devais poursuivre ma terrible tâche. Et je finis par y aller : trempé, tête nue, perdu dans la lumière du petit matin, je repassai l'abominable porte de la rue des Bienfaits que j'avais laissée entrouverte, et qui continuait à battre mystérieusement devant les premières femmes de ménage auxquelles je n'osai adresser la parole.

La flaque de graisse avait disparu, car ce sol était spongieux. Devant la cheminée ne subsistait aucun vestige de la forme gigantesque et recroquevillée. Je regardai le lit, les fauteuils, les instruments, mon chapeau abandonné et le canotier de mon oncle. J'étais dans un univers brumeux où j'avais peine à discerner le rêve de la réalité. Puis, la conscience me revint et je compris que j'avais été témoin de choses plus horribles encore que je n'en avais rêvé. Je m'assis et essayai de recomposer, autant que la logique le permettait, ce qui s'était passé et me demandai comment mettre un terme à cette horreur si vraiment elle s'était produite. Ce n'était pas une matière, ni de l'éther, ni rien que pût concevoir l'esprit humain. Quoi d'autre alors qu'une émanation exotique, une vapeur vampirique, semblable à celle dont les paysans d'Exeter prétendent qu'elle erre dans certains cimetières ? C'était, selon moi, l'explication. Je contemplai de nouveau, devant la cheminée, le sol où les moisissures de salpêtre avaient adopté une forme étrange. Au bout de dix minutes, ma décision était prise : saisissant mon chapeau, je rentrai chez moi. Je pris un bain, déjeunai, commandai par téléphone une pique, une bêche, un masque à gaz, six bonbonnes d'acide sulfurique, ordonnai de livrer le tout le lendemain matin à la porte de la cave de la maison maudite de la rue des Bienfaits, après quoi j'entrepris de dormir. Comme je n'y parvenais pas, je me mis à lire et à écrire des vers saugrenus pour lutter contre mon humeur.

A onze heures, le lendemain matin, je me mis à bêcher. Il faisait un beau soleil et j'en étais heureux. J'étais encore seul, car si je redoutais l'horreur inconnue que je recherchais, je craignais encore plus d'en parler à quiconque. Par la suite, je racontai l'histoire à Harris, poussé par la nécessité et aussi parce qu'il avait entendu les vieilles gens raconter des histoires de ce genre, ce qui ne le prédisposait guère à me croire. En retournant le terreau puant devant la cheminée, tandis que ma bêche faisait sourdre un suintement visqueux et jaunâtre sur les champignons blancs qu'elle tranchait en deux, je tremblais à l'idée de ce que j'allais peut-être découvrir. Certains secrets enfouis au cœur de la terre sont néfastes aux hommes et je pensais bien être sur le point d'en surprendre un.

Mes mains tremblaient, mais je continuais à bêcher. Au bout d'un moment, je m'arrêtai, debout dans la fosse que j'avais creusée. A mesure que je creusais ce trou, qui avait environ deux mètres carrés, la puanteur ne faisait qu'augmenter. Je n'eus plus aucun doute sur la chose diabolique que j'allais rencontrer et dont les émanations avaient voué cette maison à la malédiction pendant un siècle et demi. Je me demandais à quoi ça ressemblerait, quelles seraient sa forme et sa substance, quelles dimensions elle aurait prises à force de sucer la vie pendant des siècles. Finalement, je sortis du trou et rejetai le tas de terre sur deux côtés, puis disposai au bord de l'excavation les grandes bonbonnes d'acide, de manière à pouvoir, au moment opportun, les vider rapidement dans la fosse. Après quoi je rejetai la terre des deux autres côtés. Je travaillais plus lentement. Lorsque l'odeur se précisa, je coiffai le masque à gaz. J'étais presque à bout de forces en m'approchant de la chose indicible qui devait se trouver au fond de ce puits.

Soudain, ma bêche heurta une substance plus molle que la terre. Je frissonnai et faillis sortir du trou dans lequel j'étais enfoncé jusqu'au cou, mais le courage me revint. J'enlevai encore un peu de terre à la lumière de ma torche électrique. La matière que j'avais découverte était visqueuse et vitreuse ; c'était une sorte de gelée semi-putride, congelée et translucide. Continuant à bêcher, je pus observer, par une crevasse, cette forme tassée. La surface découverte était énorme, à peu près cylindrique. C'était une sorte d'énorme tuyau de poêle d'un blanc bleuâtre, replié sur lui-même, et qui, dans son diamètre le plus grand, atteignait une cinquantaine de centimètres. Je continuai à bêcher, puis brusquement je bondis hors du trou pour échapper à cette chose dégoûtante. Je débouchai rapidement les lourdes bonbonnes et les renversai précipitamment, avec leur contenu corrosif, l'une après l'autre dans ce charnier, sur cet objet anormal et impensable dont j'avais vu le *coude* titanesque.

Le maelström aveuglant de vapeur jaune verdâtre qui s'éleva en bourrasque de la fosse tandis que s'infiltraient les flots d'acide, je m'en souviendrai toujours. Sur la colline, les gens parlent encore du jour jaune où des fumées virulentes et pestilentielles s'élevèrent du dépotoir de l'usine, au bord du fleuve de Providence, mais je sais quelle est leur erreur. Ils parlent aussi de l'affreux rugissement qui, au même moment, sortit d'une canalisation bouchée ou d'un collecteur de gaz, mais je pourrais, là aussi, si je l'osais, les détromper. C'était indicible et je ne vois pas comment j'ai survécu à cette expérience. Je me suis évanoui, après avoir vidé la quatrième bonbonne, car les fumées avaient commencé à pénétrer sous mon masque. Mais lorsque je revins à moi, je m'aperçus que du trou ne montait plus aucune vapeur.

Je vidai les deux dernières bonbonnes sans rien noter de particulier et, au bout d'un certain temps, je crus possible de refermer la fosse. Quand j'eus terminé, le crépuscule était tombé, mais la terreur n'habitait plus la maison. L'humidité était moins fétide, les champignons étranges n'étaient plus qu'une sorte de poudre grisâtre, inoffensive, qu'on pouvait balayer sur le sol. Une des pires terreurs de cette terre avait péri. L'enfer, s'il existe, venait de recevoir enfin l'âme démoniaque d'un être néfaste. En aplatissant la dernière pelletée de terre, je versai la première des nombreuses larmes que je devais à la mémoire de mon oncle bien-aimé.

Au printemps suivant, les herbes étranges ont cessé de pousser dans le jardin en terrasse de la maison maudite, peu après que Carrington Harris l'eut louée. Cette maison est toujours aussi spectrale, mais son étrangeté me fascine, et j'éprouverai un soulagement mêlé de regrets quand on l'abattra, pour construire à la place un magasin de mauvais goût ou une banale maison de rapport. Les vieux arbres stériles de la cour ont commencé à donner de petites pommes douces et, l'année dernière, les oiseaux sont venus nicher dans leurs branches noueuses.

1928

Titre original :
The Shunned House

Traduit de l'américain
par Yves Rivière.
Extrait de *Je suis d'ailleurs*

© Éditions Denoël, 1961

Introduction	5
Wolfgang Goethe : *La Fiancée de Corinthe*	11
John William Polidori : *Le Vampire*	17
Théophile Gautier : *La Morte amoureuse*	39
Francis Marion Crawford : *Car la vie est dans le sang* .	66
Bram Stoker : *L'Invité de Dracula*	84
Claude Askew : *Aylmer Vance et le Vampire*	98
Jean Ray : *Le Gardien du cimetière*	118
Howard Phillips Lovecraft : *La Maison maudite*	128

FANTASTIQUE - S.-F.

Isaac Asimov
La pierre parlante - n°129

Ray Bradbury
Celui qui attend - n°59

Jacques Cazotte
Le diable amoureux - n°20

Cent ans de Dracula (Les)
8 histoires de vampires - n°160

Arthur C. Clarke
Les neuf milliards
de noms de Dieu - n°145

Contes fantastiques de Noël
Anthologie - n°197 (*nov. 97*)

Dimension fantastique (La)
13 nouvelles fantastiques - n°150

Alexandre Dumas
La femme au collier
de velours - n°58

Erckmann-Chatrian
Hugues-le-Loup - n°192

Claude Farrère
La maison des hommes vivants - n°92

Stephen King
Le singe - n°4
La ballade de la balle élastique - n°46
La ligne verte
- Deux petites filles mortes - n°100
- Mister Jingles - n°101
- Les mains de Caffey - n°102
- La mort affreuse d'Edouard Delacroix - n°103
- L'équipée nocturne - n°104
- Caffey sur la ligne - n°105
Danse macabre - 1 - n°193 (*nov. 97*)

Howard P. Lovecraft
Les Autres Dieux - n°68
La quête onirique de Kadath l'inconnue - n°188

Arthur Machen
Le grand dieu Pan - n°64

Bram Stoker
L'enterrement des rats - n°125

POLICIERS

John Buchan
Les 39 marches - n°96

Leslie Charteris
Le Saint
- Le Saint entre en scène - n°141
- Le policier fantôme - n°158
- En petites coupures - n°174
- Impôt sur le crime - n°195 (*nov. 97*)

Arthur Conan Doyle
Sherlock Holmes
- La bande mouchetée - n°5
- Le rituel des Musgrave - n°34
- La cycliste solitaire - n°51
- Une étude en rouge - n°69
- Les six Napoléons - n°84
- Le chien des Baskerville - n°119
- Un scandale en Bohême - n°138
- Le signe des Quatre - n°162
- Le diadème de Béryls - n°202
(*fév. 98*)

Ellery Queen
Le char de Phaéton - n°16
La course au trésor - n°80

Jean Ray
Harry Dickson
- Le châtiment des Foyle - n°38
- Les étoiles de la mort - n°56
- Le fauteuil 27 - n°72
- La terrible nuit du zoo - n°89
- Le temple de fer - n°115
- Le lit du diable - n°133
- L'étrange lueur verte - n°154
- La bande de l'Araignée - n°170
- Les Illustres Fils du Zodiaque - n°190

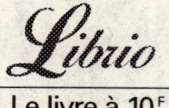

Achevé d'imprimer en Europe
à Pössneck (Thuringe, Allemagne)
en septembre 1997 pour le compte de EJL
84, rue de Grenelle 75007 Paris
Dépôt légal septembre 1997
1er dépôt légal dans la collection : février 1997

Diffusion France et étranger : Flammarion